致成长中的你 Ⅱ
——理想中的自己

殷健灵 著

Be Your
Best Self

YINJIANLING
WORKS

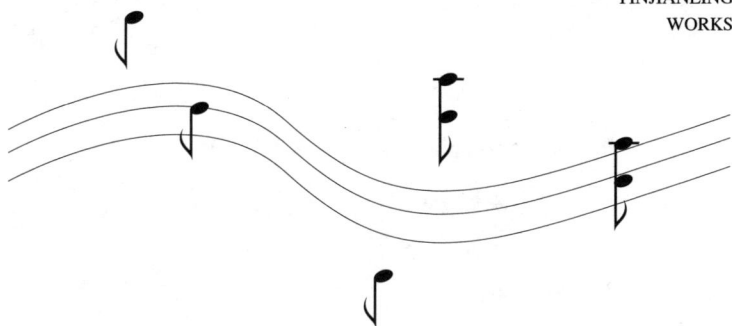

长江出版传媒 | 长江文艺出版社

图书在版编目（ＣＩＰ）数据

致成长中的你. Ⅱ，理想中的自己 / 殷健灵著. --
武汉：长江文艺出版社， 2017.8
　　ISBN 978-7-5354-9823-6

　　Ⅰ. ①致… Ⅱ. ①殷… Ⅲ. ①散文集－中国－当代
Ⅳ. ①I267

中国版本图书馆 CIP 数据核字(2017)第 165011 号

责任编辑：李　艳

插　　图：孔　雀　　　　　　　　　责任校对：陈　琪

封面装帧：壹　诺　　　　　　　　　责任印制：邱　莉　　王光兴

出版：　　长江出版传媒 ｜ 长江文艺出版社

地址：武汉市雄楚大街 268 号　　　　邮编：430070

发行：长江文艺出版社

电话：027—87679360

http://www.cjlap.com

印刷：湖北新华印务有限公司

开本：880 毫米×1280 毫米　　　1/32　　印张：8.5

版次：2017 年 8 月第 1 版　　　　2017 年 8 月第 1 次印刷

字数：120 千字

定价：28.00 元

你要做一个什么样的人？

一个追求理想的人——做自己爱做和想做的事。

一个自由的人——拥有自由的心灵空间，你的心灵可以到达你的身体到不了的地方。

一个真实的人——真实地对待自己，真实地对待别人，真实地对待生活。

一个轻松的人——自自然然地待人与处事，随缘自在，随遇而安。

一个善良的人——相信这个世界有真、善、美，并且乐于把自己的爱施与别人。

一个幸福的人——能够享受今天，享受别人给你的爱，享受你所拥有的而不抱怨你没有的。

我曾是那样一个女孩

很多年以后，母亲对我说：你长成了我希望的样子。

母亲希望的样子，是不是我希望的呢？

一个人观照自身，总会"当局者迷"。我未必成为自己心中理想的样子，但至少，到目前为止，可以对自己说一句："无愧我心。"

我相信一个孩子是有天性的。就像植物的种子，即便外表完全相同，倘若埋进泥土，被施与同样的关照，在同样的环境里成长，也会长成各个不一的样子。

据说，我还是一个被大人抱在怀里的婴儿时，就会因看见外公外婆挤不上公交车而着急哭泣；据说，小时候的我，即便受了天大的委屈，也只会嘤嘤啜泣，而不是肆无忌惮地嚎啕大哭，更不要说倒地撒泼了；据说，刚上小学一年级的我，念及父亲的胃不好，一心想给父亲做顿热饭吃，一个人在家时，无师自通地在煤气灶上煮成了人生中第一顿米饭；据说……

可我也同样记得，五六岁时受到大人的责骂，委屈至极，悄悄来到厨房，从抽屉里找出一把水果小刀，对准自己柔软的上腹部，轻轻抵住；也记得在青春的叛逆期，发现被偷窥了日记，对母亲大发雷霆，咬牙切齿地将日记本撕成两半；还记得当拥有最初的人生秘密时，那些辗转反侧、纠缠痛苦而又甜蜜无比的恼人时光……

一些相熟的友人羡慕我有一位智慧的母亲，遗憾他们不曾有过一位教他们如何"做人"的长辈。确实如此，倘若没有母亲，我或许会成为另一种样子。我对母亲最大的感激，不是她在那个清贫的年代为我创造了相对优越的成长环境，而是在无意间，塑就了我的人生观和价值观。

二十世纪四十年代中期出生的母亲，自幼酷爱读书，热爱文艺，知书达理。她将我这个独生女儿当做了她人生中最重要的"作品"来塑造。母亲自然有一些固有观念，比如，她觉得女孩子应该文静内敛；比如，她觉得语文是所有学科的基础，一个人语文好，理解能力和触类旁通的能力自然好；比如，她淡泊荣誉和功利，更看重一个人是否拥有平等心、平常心、宽容心、同情心、感恩心以及真正的内心平和……她外表朴素，待人谦和，骨子里却保持着超乎寻常的真实、干净和清高。

母亲的观念似乎不够"现代"，也未必"入流"，但与我成人后的认知并未产生冲撞。虽然小学时的一位班主任曾经将我的"性格内向"视作"令人遗憾的缺点"，并且为我"从不向她打差生的小报告"感到失望，我倒也不以为意，依然将女孩子的安静、单纯与美好视为美德，并且养成了与母亲相似的心性：不以物喜不以己悲，更不因他人的目光而左右自己的人生选择。

父亲常说，你要感谢你的母亲。因为父母两地分居，我的多半时光是与母亲共同度过的。在我的成长岁月直至今天，母亲对我投以了极大的关注和陪伴。这种"关注"掌握在恰恰好的那个点上：过少，会觉得被忽视；过多，则有"压迫"之感。从小到大，母亲叫得出我所有伙伴的名字，知道他们各自的故事；我每遇难解之事，第一个想到求助的便是母亲，她定能给予令我茅塞顿开的妥帖的提点。一直以为，母亲的智商远高于我：她读书，过目不忘；她裁制的呢大衣和买来的别无二致，我学生时代所有的衣服都出自母亲的巧手；在饭店里品过的菜式，经母亲的手在家烹饪，多半比饭店更高一筹；她久病成良医，钻研医书，帮父亲治好了医生束手无策的顽疾。母亲是会计师，但她有未竟的心愿，教师、律师、医生……我想，倘若这些行当母亲去做，都能做好。

一位同龄人曾向我讲述，在成年后，如何在屡屡碰壁后矫正她的母亲对她人生观和价值观的既有影响。与她相比，我的最大幸运恐怕正在于此。我的母亲给予我的影响，不单在于精于学业，更在于获得"更好的人生"。

不仅是母亲，还有我的外婆。

外婆 2013 年近百岁高龄去世以后，失联几十年的邻居姐姐知悉消息辗转联系上我，告诉我，对于失去父亲、母亲改嫁的她与哥哥，外婆是唯一真正给予童年的他们照拂的人。是外婆将无所适从的兄妹俩从家务堆里解救，帮他们生炉做饭择菜洗衣，一碗美味无比的腊八粥，整齐摆放在竹匾里包工精致的荠菜馄饨，麻利勤快的忙碌身影，放学时分在家门口的等待与亲热招呼……这些都是我的外婆留存在他们凄寒童年里的温暖记忆。

倘若说，母亲言传身教，教我行事立身，外婆则给予了成长期的我近乎泛滥的宠爱。在她那里，我可以卸下所有的铠甲，无所顾忌地依赖；而到了她的晚年，我又将年迈的她当做孩子来"宠爱"。印象中，在大字不识的外婆那里，从无因循守旧的条条框框；她不慕虚荣，更不趋炎附势；她尊重知识的可贵，性格随和平易，乐于同年轻人为伍；她对家中晚辈的全心关照每每令我们回想起来泪湿眼眶。

我的幸运大概还在于，心中的自我早早地觉醒了，当无形中被家庭塑造着的同时，很早就开始了"自我塑造"。我有幸不需要与生活的浊流抗衡，自小身处一个淳朴、简单、蓬勃而又正气昂扬的环境。眼界受限，但从未间断的阅读为我开启了一扇又一扇眺望远方的窗。女孩时的我，仿佛一株饱含汁液的生长在春天的小树，努力伸展枝叶和根须，向天空，向土地。向往一切美好的事物和感情，在内心喜欢和亲近气质高洁的长者，并暗暗期许将来的自己成为那样的人。

少女时的我，时常面对日记剖析内心。我毫不留情地逮住心中一闪而过的并不明朗、难以示人的灰色念头和情绪，像解剖医生一般条分缕析——女孩时的我学会了反省和反思，努力剔除自身人格里那种连自己都厌弃的东西，比如狭隘、虚伪、虚荣，我希望自己是一面坦荡透明的镜子，照见真诚、谦和、宽厚、正直、豁达……

我的父母却无比宽容地对待我，他们从不拿我同别的孩子比较，一点一滴的进步，都会得到他们由衷的赞赏。不仅是学业上的，当我成年以后，任何一点孝道上的表示，父母都会满怀欣喜地表达他们的幸福。对于子女，这何尝不是无言的激励呢？

尽管如此，我对逝去的女孩时代依然心存遗憾。1999 年，在长篇小说《纸人》的后记里，我曾这样评价那段逝去的岁月：我并不满意自己的少女时代。如果让我从头来过，我会是什么样的？我曾经不止一次自问。——我会更张扬天性；我会勇敢地表达我需要爱；我会剔除束缚做一个完完全全的自己；我会问我想问的看我想看的说我想说的，痛痛快快地道出困惑无望和失落……我知道，自己曾是那样的封闭压抑，尽管那时的我看上去常常充满阳光面带微笑。

那个并不完美的女孩时的我，几乎是所有人眼中的"标杆"，他们许我以通常意义上的"美好前程"。我也曾经随波逐流，遵从命运的安排。但最终，我还是选择了相对孤寂的写作，因为，在我眼里，这是一桩忠于内心、并能获得最大限度心灵自由的事情。

其实，一个人更加彻底的自我塑造是从走出校园开始的。你会遭遇颠覆，遭遇不可理喻，遭遇不公平，遭遇纷繁的复杂，遭遇种种的难以想象……成长是一生的事。成年后的我自然也经历过一些所谓的"暗礁险滩"，每次均有惊无险度过，最终仍要暗暗庆幸：哦，并没有丢失和背叛过原来的自己，那个女孩时代的我一直在那里——感谢她为我涂抹了永不消逝的人生底色。

殷健灵

2017 年 3 月 22 日—23 日

目录
Contents

C O N T E N T S

第七章　聆听世界的心跳

我们自封纯朴，因为生长的地方离泥土近；自以为孤独，因为不知道哪里是真正的故乡；可有时又会庆幸，单纯的成长环境给了我们一颗简单的心。

Chapter 1

第一章

心安即是归处

我一直疑惑，哪里才是我的故乡？我生在上海，却长在离上海不远不近的南京。可是，当我告诉别人自己长在南京时，却没有底气。因为南京对于我陌生，我至今不识南京的道路和街区，不会讲南京的方言。但如果告诉别人自己出生在上海，在上海人的圈子里长大时，我又无法认可上海是我的故乡。总之，无论往哪边靠，都显尴尬。这种困惑不只我一人有，一起长大的伙伴都有。我们心底里，都有一个只属于自己的小故乡——它有一个代号，叫做"9424"。

被寄养的故乡 ●

　　我一直疑惑，哪里才是我的故乡？我生在上海，却长在离上海不远不近的南京。可是，当我告诉别人自己长在南京时，却没有底气。因为南京城于我陌生，我至今不识南京的道路和街区，不会讲南京的方言。但如果告诉别人自己出生在上海，在上海人的圈子里长大时，我又无法认可上海是我的故乡。总之，无论往哪边靠，都是尴尬。这种困惑不只我一人有，一起长大的伙伴都有。我们心底里，都有一个只属于自己的小小的故乡——它有一个代号，叫做"9424"。

　　小小的故乡曾经以"宝野"和"美浓"的名字出现在我的小说里，竟让读者去追寻探究，似乎想在现实中找到这样一个美好的温柔乡。可我知道，他们是无法找到的。因为连我自己，都无法在现实中找到了。

　　那年冬天，趁去南京公差的机会，我在离开了 17 年后重回小小的故乡。走的是宁芜公路，依然是 17 年前离开时的房子和田，一路所见，已是颓破之色。一路走，依稀预想到了它如今的样子。尽管有了心理上的准备，但到近前，它的真模样还是令我感到了忧伤。就像见到一个多年未遇的亲人，印象中还是她青春旺盛的样子，不期然地，就老了。

几乎所有在这里生活过多年的上海人都已撤离，落叶归根。这些人曾经是这里的魂灵，魂灵散去了，便剩下了空洞的躯壳。住过的老房子拆除了，路边的石级残破断裂，水泥路面崎岖不平；小学校不在了，改成了社区活动中心；我的中学铁门紧锁，落叶遍地，满眼所见竟是萧索；繁荣的菜市场也不在了，换到了室内，旁边开了一爿冷清粗糙的大食堂……只花了大半个小时，我便走遍所有熟悉的地方。当重新回到宁芜公路边上等车时，站在一片黑色的砂土之上，在尘埃飞扬中我心生恍惚——莫非，那些明媚的颜色从来不曾存在过？

可它明明存在过。存在于我的念想里，存在于儿时伙伴的追忆里。现实中找不到，我更无法用言语描绘。这样一个小小的故乡，是被寄养的孩子，无根无襻，让我们无法有乡土的情结，更不可能拥有城市人的依傍。可在这片土地上发生的每一个细节，都抓住了我们的心。我们自封纯朴，因为生长的地方离泥土近；自以为孤独，因为不知道哪里是真正的故乡；可有时又会庆幸，单纯的成长环境给了我们一颗简单的心。

　　说起来，故乡真的很小，方圆数里，而孩子们活动的区域只在方寸之内。它紧靠宁芜公路一隅，面山傍江，依丘陵而建，一条铁轨擦边而过，伸向神秘的远方。我们住在火柴盒一样整齐划一的房子里，街道清洁，树木成荫。推窗可以见山，走不多远，便到了田野。水车、池塘，带着新鲜草香的牛粪气息。每到春天，教室里便柳絮飘飞，日光被树影映成了柠檬黄，涂抹在窗台、桌角……回想起来，这些明媚单纯的颜色构成了我少年生活的图景。这里本是冶炼钢铁的基地，可我的少年却鲜有坚硬的调子，似乎总是那么温润。这究竟是为什么？

　　那地方，到处可见坡地和台阶。从住的房子出来走到小学校，要上下三四处坡地，一溜低矮山墙顺势蜿蜒，上面爬满青藤。这使得上学路上充满了游戏色彩。夏春时分，从午后的困倦里走出，沿着山墙走向学校，慢慢走进一片叽叽喳喳的喧闹。我们习惯早到，等学校开门，站在大门口，身后数十级台阶下又是成排的居民楼。台阶上站满了同校不同级的孩子。开大门前的半个小时光景，我们什么都可以做，聊天，打架，跳绳，跳房子，买小摊上的糖人、爆米花。课还没上，就先兴奋起来。若是冬天，下了大雪，家门口的台阶都给雪遮没了，走起来就有了危险，深一脚浅一脚，一不留神就突然陷进半条腿。到了学校，棉鞋都湿了，教室的水泥地上便印了很多个深色的小脚印。

这地方，给人一种说不清道不明的亲近感和安全感。走在任何一条小路上，在小商店里，在电影院里，在菜市场里，都能看见似曾相识的脸。孩子们之间，虽然不是亲戚，却能找到千丝万缕的联系，某某和某某的父母在一个厂里上班，现任老师教过某某的兄姐，总拿某某和兄姐比较。我们有时会聚在一起聊聊上海，你的家在黄浦，他的家在静安或是普陀，说的"家"都是亲戚的家。到了寒暑假，分别到上海的亲戚家去过假期，彼此郑重地留下在上海的通信地址，果真会正儿八经地通两封信。

每年假期，我都要回上海的外祖父母家。刚一坐定，便有邻居来看南京来的小姑娘。我是外乡人，但和他们说一样的方言。这就有点奇怪。印象最深的一次，一个男邻居刚一见面，就端详着我说："你的脸一边大一边小。"我心下一窘，然后便一直为自己的脸不对称担心，私下揣测，这一定是我平时托腮听课造成的。回想起来，这是我第一次清楚地在意自己的长相。那年，我大概念四年级。

有一年寒假过后，我最好的朋友P来我家找我，把一块手帕、一支铅笔作为新年礼物送给我。我一眼看见她穿的一身天蓝色呢绒面滑雪衫，这身纯净的颜色给了我一点刺激，我以为它带了很强烈的上海的痕迹，是P的亲戚送给她的，而我却没有。在没有拥有自己的滑雪衫之前，P在动作时衣服发出的摩擦声在我听来都十分悦耳，令我向往。

在那个地方，成为最好的朋友往往具备一个条件，就是两个人一定住得十分相近。P的家所在的那栋楼，和我家前后相邻。我家在二楼，她家在三楼。站在我家的窗口，望得见她家的走廊。有时只要对窗口大喊一声，就可以看见P应声开门出来。我去她家吃一碗绿豆汤，她来我家睡个午觉，都是很稀松平常的事。我们一起用宽口瓶养过从附近池塘里捉来的蝌蚪，也用竹匾养过春蚕，寻遍附近的乡村采摘桑叶，还一起去歪倒的树上采集甜花蕊带去课堂上解馋，放了学，就在家门口的砖地上画线跳房子……因为地方小，使得我们的时间可以拉长，变得从容。似乎每一个细节都能慢慢品味，每一个动作都可以延迟几个拍子。

这样的日子悠闲而明媚。从来都是走着去做任何事情，搬过几次家，从家到学校的步行路程都不超过十分钟。初二时，我学骑父亲的28寸自行车，在下坡处被上行的卡车吓破了胆，从此再也不敢骑车。这与我从小较少见到汽车有关。

高三毕业时，为学生会活动买奖品，我才第一次和一个男生独自坐公交车去了一趟南京城，目的地是新街口。这是我有生以来第一次没有大人陪伴坐车出"远门"。在我的记忆里，那次出门有着成长礼般的仪式感。我们画好了详细的地图，回程的车次，咨询了很多个大人，整个过程做得十分小心繁琐。从我们那地方到南京，不到一小时车程。而在心理上，却是不可思议的远。想起来，哪怕是孩子，心里也一直存着这样一个念头：到南京，是"去"南京；而到上海，却是"回"上海。可是，真的回到了自己的地方呢？

1990 年，当我真的回到上海念大学时，才深深感到，这个上海大概也不是自己的地方。班上 29 个同学来自五湖四海，仅有的几个上海生自然而然有了自己的小圈子，可我却难以融合进去。隐隐明白，自己的气息已经积聚了将近 20 年，是我那个被寄养的故乡造就的，它沾着泥腥气、铁锈气、青草香，裹挟着初春时万物萌长的幼嫩气息……恐怕一辈子都难以脱掉。这或许是一种损失，又或许，也是一种获得。

气味，记忆的触角 ●

　　小时候，我没有居住在上海，因此，对这个城市总是隔膜。只有每年的假期，从南京父母亲那里坐火车来到这里，体验一下上海逼仄里弄空间里的烟火气。这种体验，带了游戏的性质，是颇能让人欢悦的。

　　在南京，我住在市郊，是上海设在这里的一个企业。周围全是上海人，但和真正的上海还是不一样。那里也有叫作"大世界"之类的地名，是个热闹的所在，但怎么看，也是个照搬过来的模型，简陋幼稚得很。那里的上海人很想活出家乡人的味道来，可是，失却了石库门亭子间花园洋房，是无论如何造不出一个上海来的。

　　一律干净整齐的工人式新村，推窗可见青山绿野，大家享受着八十年代大型国营企业的种种福利，没有住房拥塞之苦，更嗅不到煤烟气，看不到邻街的人家摆了小菜在门口小酌的景象。不乘电车，人人依赖自行车或者步行，上班的人和上学的人都是有条不紊的样子，按部就班周而复始，如果没有意外，生活就是一条波澜不兴没有分叉的河流。说是过日子，其实更像某种工艺流程。单调的，没有好看的风景映衬。

到了上海，才真的看到了多样繁复的风景。

我从火车上下来，外祖母来接。刚出站，就有一层从心底一点一点泛出来的恐慌，车站上拥挤的人群，酝酿着一种令你紧张退却的情绪。车子来了，人群涌上去，恐慌更是潮水般压上来。老人被推到了队伍后面，借助外力我才得以上车，然而，我的外祖母却被人挤到了地上。

好不容易上了车，在夹缝里嗅到了浓重的人的气味，那是过去的日常里没有的。当许许多多人的身体堆挤在一起，人气就在凝滞的空气里发了酵，混合了汗酸气、隔宿的饭菜味、衣服上的樟脑味、明星牌花露水的香气……熏得人昏昏欲睡。车子在并不宽敞的马路上绕来绕去，飘来的声音也让人缝中的我感到新奇。喧闹嘈杂声，自行车铃声，路边店家放的音乐，夹杂着一两句嗲声嗲气的正宗沪语，声响的河流就这么淌过来，丰富的，也是在我那个地方听不到的。

要是车上没有争吵，几站路就能太太平平地过来。

然后，就是进弄堂了。

　　若是冬天，夕照下的弄堂有一种安宁醇厚的气韵。金色的光线在青砖色的墙上厚厚地镀了一层，也照在即将被收回去的棉被上，好像面包上涂的奶油，很富足流油的样子。挂棉被的地方，是隔壁某某姆妈牺牲了睡眠时间，辛苦占来的，各自的区域也有各自的默契，否则，就算侵占了他人，是要红面孔的。

　　若是夏天，则是另一番景象，欣欣向荣的。走进去，要经历路边纳凉人群的检阅。穿越洗澡水的暧昧溻湿的气味，邻居家门前的饭香，白天烈日炙烤的气味带着灼人的余温从青砖的墙缝里，从蛋咯路的石头缝里一并散逸出来……这弄堂里的气味从来就不单一，混合了人的生活的味道。

　　深夜的老虎窗外，看不到星光闪耀，轮船的汽笛声从黄浦江上远远地飘来，忧伤地呜咽着。楼下的女人，还在天井里洗着什么，和着热烈的水声，肥皂粉的气味连同自来水里呛鼻的漂白粉味，一起清凉地浮上来，很自然地让你勾想起暑假里常去的游泳池。

　　到了早上，天亮，值得一看的就多起来。狭弄里，人人在生小煤炉，扇出滚滚的浓厚白烟，我喜欢站在这白烟里，仿佛腾云驾雾。在更早的时候，老虎灶前就已经生了香而暖的呛人的烟雾，接水的人排了一长条。灼热的开水居然也是有气味的。

　　而在普通人家那里，生小煤炉则另有一番讲究。一天里面，用多少块煤饼，多少根柴火，都是经过了算计的。知道煤炉底下的通风口开多大，才是恰到好处；到了夜里，最后一块煤烧到什么分上，才能焐热一壶水。那些烧过的煤饼也不轻易丢掉，还要将其碾碎了，从里面挑出黑色的煤渣子，重新用水和泥和一和，做成小煤球，晒干了以后又可以用上一阵子。晚上，并排放在公用灶披间里的煤炉还是温热的，遗留下白天烹煮食物的气味和油香，那炉子就仿佛带上了主人的温度。

不过，最让我高兴的，还是在早上吃到外祖父从对面饮食店里买回来的小馄饨。用一只小号的单柄钢精锅装了，飘着葱香。浮在汤里的小馄饨，个个圆胖可爱，皮薄如纸，咬一口，满口的碱香和肉香。那里的阳春面，虽无浇头点缀，也一样鲜香，外祖父习惯加几丝醋浸的姜丝，也算一顿乐胃的美味。

隔壁烟纸店的女人已经在那里笑吟吟地做生意，别的我没有兴趣，只对那些玻璃罐里的蜜饯有兴趣。五分钱，就可以买到一小包话梅，用牛皮纸包成三角形状的。不像我们那里，是装在一个劣质小塑料袋里的。隔了牛皮纸，嗅一嗅，一样能嗅到话梅的酸香，不由引下你的涎水来。

无聊了，可以到处转转。

去得最多的，是相隔不远的城隍庙。馋的时候，就吃小笼包。长队从店里一直排到店外，在腾腾的蒸汽里面，人声聒噪着，小孩子在队伍里面窜来窜去，把这队伍当作了捉迷藏的好所在。外祖母给我买上半笼，看我一个人吃。

九曲桥上人山人海，队伍也弯成九曲，争抢着往水里投鱼食。那食投下去，咕嘟泛起一串水泡，拥上来一群鱼，像开出了一朵红花。

那些卖小物件的，也各是各的味道。扇子店的檀香，木器店的木香，绸布店的蚕丝香，刀剪店的机油气，纸品店的纸香，还有乐器店的丝竹暗香……无论是袭人的，还是淡雅的，都是那么醇厚踏实地浮在空气里，贴肉，平和。

当然，更刺激、真实的还是弄堂邻里间的相骂。相骂的理由多半是缘于空间的逼仄，谁烧饭的地盘多出一寸了，谁的晾衣杆戳到别人家的窗口去了，谁家敲的钉子穿通了邻居家的墙了，如此之类。一点点是非竟是可以燃起大的纷争的，大打出手的也有，这时候的狭弄就布满了火药气了。两家的争执，可以引来众人的观看，多是劝架，也有半含着笑观战的，仿佛觅到了平淡生活的乐子。

好在，这种相骂总是能止住的，不会愈燃愈烈，更不可能升级到出人命的地步。这是上海人的脾性决定的。因此，相骂一旦起来，在很大程度上，还是邻居们的调剂。吵过的那两家，可以老死不相往来，积在心里的怨气总是排遣不掉，并且郁在那里，一旦有了新的矛盾，便一燃即着。

几乎每一次来上海，都是要观看一两场相骂的。也要吃上若干次邻居送过来的馄饨、粽子、炝蟹、生日面。这些东西，在南京的父母那里享受不到。

每次过完假期回去，都觉得身上挟带了浓厚的烟火气和市井气，要过很长时间才能抖落的。

从火车上下来，回到我们的那个地方，周围依旧是纯正的沪语，可那气味和那个真的上海却是相差了十万八千里。

路边记

我每天都要走一段长长的路，是这个城市最现代繁华的一段路。看多了，那些橱窗、建筑、广告都没了看头，若不是因为有街上不断变化的人，我想，这段路在我心里大概和乡间的田埂没什么两样。

通常是上午九十点钟的光景，我走在路上。这时候，上班上学的人群早已散了，商厦尚未热闹起来，汽车一辆接一辆井然有序地开过，街沿上步行的人稀稀落落。如果在秋冬季，悬铃木的叶子倏然飘落，偶或飘来西点房的奶香味，人的步行因为红绿灯而有了或行或伫的节奏，这一路就走得十分有兴味。天还冷，身上却起了细汗，有了点春天的气象。

况且，这一路常常会有意外的景象发生。

有一个奇女子，曾经两次与她迎面相向。说她"奇"，当然指她的外貌与装束。第一回，远远看见一朵艳丽的"花"飘过来，她的色彩首先抢夺了人的眼球，是那种少见的从上至下的俗艳的红，顶着一头黄发。单是那色彩，倒并无让人惊异的地方。待走近了，才真的在心里一惊。她的脸画成了一张调色盘，像被小孩子无意间翻倒了颜料瓶，口红、眼影、胭脂都不在它们恰当的位置上，加之无法遮去的岁月的痕迹，那脸竟显出了几分缤纷的狰狞。黄发间束了条廉价的玫红色尼龙丝发带，枯涩的头发随风飘舞。她大步流星地走，风带动起腰间那条粗糙的红布腰带，总觉得那地方缺了点什么——是一只腰鼓。她的身材是好的，细高匀称，但你无法与她对视，更感觉不到半点美感。她的形象与色彩对你就是种压迫，过目不忘。

不久，第二次见到她，同样的装束，远远看她快速走过来。每路过一家店铺，她都会走进去，停顿片刻，连学校的门房也不放过。这激起了我的好奇心。我无法了解真相，只能想象。她多半是进去交涉什么事情，或者打听某个人，她也许就住在附近，无意间失落了什么，或者有某种企图。但我能肯定，她一定遭到了拒绝，或者漠视。她以这种非常态面目与人打交道，只可能遭来同样非常态的反应，甚至是恐惧。我不能断知她的过去，只能假设这过去对她造成过与服饰色彩成正比的强烈破坏。她的浓艳不是寒冷中的温暖，而是一道抢眼的伤痕。

还有一幕，也叫我久久难以忘怀。

　　我曾经很憎恶路边随处可见的残疾乞丐。之所以憎恶是忍受不了他们所展示的生命的残破与生活的丑陋，更憎恶他们背后可能存在的某个"组织"。我那点可怜的同情心无处布施。可那天上午，我却目睹了一个残疾乞丐在车流中过马路的情景——

　　他还是个孩子，大冷的天气上半身居然一丝不挂，手上戴了两只黑乎乎的手套，两条细软的腿背在了背上，那手自然成了他的"腿"。他裸露的身体已经冻成了青紫色，却并不打哆嗦，也许是早已麻木的缘故。他睁着惊恐的眼，在路的一边等候了很久，他想到路的另一边去。瞅准了车流的空隙，他翻身下了马路牙子。但那羸弱的手臂毕竟比不上腿的强劲，刚"走"到一半，一辆电车过来了。看到他，车子似乎并没有减速，他必须赶在车子到来之前穿过马路去。

　　那一瞬，他的神情里竟有了一种大义凛然的无畏。他拼尽了全身的气力，以可能的最快速度划动双臂，推着装零钱的铁罐奋勇向前，那铁罐发出响亮的当当声擦过路面，为他的行进打着节奏。而他，就像洪流中一叶单薄的小舟，双臂便是桨，那么孤单，那么柔弱，却又那么勇猛。见着那一幕，我心里残存的憎恶还会有吗？代之以含泪的悲怆。

　　同样是过马路的情形，主角是一位老人。她有八十岁了吧，但一看，就知她仍在为自己的生计操劳。全白的头发蓬乱着，披一件老式的瞧不出颜色的棉袄，双手空着。那双手或许刚刚推过装破烂的小推车，在过去，可能刚刚给人家刷过马桶。她要过马路。她的耳朵似乎聋了，眼神也不好使，根本感觉不到靠近的车辆。而我却听到了司机粗鲁的骂声。那一瞬的确十分惊险，那车子几乎与她擦身而过，而她走路的姿态却让我难以忘却。她迈着大步，甩动双手，目不斜视，镇定不惊。那动作与她的年龄全然不相称，仿佛把生死置之度外了，又仿佛在向那些车辆挑衅。好像在说，到了这个分上，还怕死吗？

　　……

　　走在这条路上，记住的或许应该是香粉鬓影，是顶级名牌的魅惑，是那些随处可见的时尚悦目的美人儿。可那些，我都记得模糊，过目即忘。反是那些或许并不美的，却是长久地无法遗忘，仿佛已经渗入到生命的底子里去了。

他人的生活

　　高架早已造起来，然后是轻轨，城市变成了双层的。人们在出行时，获得了一种奇异的半空中的感觉。起初，颇似儿童的娱乐心理：可以凌驾于路面的车辆与行人之上，在俯瞰时视野变得宏阔，很轻易地获得了一种愉快的优越感。但是，新鲜感很快过去，对远处的景物逐渐熟视无睹，却关心起近处的风景来。

　　确切地说，算不上风景，而是紧挨着高架、轻轨的房子与窗口，每每经过都会生出一丝忧心来。那些房子多是建于二十世纪七八十年代的旧公房，虽新漆了涂料，盖了坡顶，仍似披着新衣韶华已逝的落寞之人，掩不去的单薄与寡淡。它们原先并不临街，因为造桥，那些原本临街的房子被拆了去，它们便生生地被逼到了跟前，于是有了几分局促与尴尬，就像羞怯的人被硬逼上了场，逃不脱，只能钉在那里，说不尽的苦。

　　和近前的高架路，往往咫尺之隔，更逼仄的房子连窗子都无

法彻底敞开。别说晾晒衣物了，那晾了一天的衣物若是收回去，定会吸饱了噪音和灰尘，在沉寂的夜里搅扰你。有的窗口，整日用窗帘遮蔽，否则，就会在瞬间被来去的车辆掠去了春光。也就在一刹那间，我坐着车子经过，都会克制不住地想象窗口里面的人的生活。我假设自己是窗里的人，也在看窗外的风景，飘浮在被隔音屏过滤了的车声里，窗口便是屏幕，车辆穿梭，车子里面容模糊的人影……每次的画面转瞬即逝，虽不断变化，但看得人心烦，因为不作停留，也无距离，所以无美感可言。生活不能展览。

还有些新房，是高耸的楼宇，落地窗轩敞，可以透进足够的阳光。它们造于高架落成之后，与桥面保持着恰当的距离，这么看，竟成了坐车人养眼的风景。我几乎每天都会经过那栋公寓，面对高架的，正是客厅。临窗摆几张白色的沙发，说不清材质，隐约看见沙发上的人慵懒的坐姿。如果是晚上，便有温馨的灯光从朦胧的窗纱里溢出来，那灯光来自一盏精致华丽的吊灯，硕大的电视屏幕上蓝光闪烁，蓝光里有走动的人影，或起或坐，一律的安宁与悠散。倘若经过时是早晨，那客厅便是空着的，里面的光线比外面暗淡，灰蒙蒙的调子，没有生气。于我，它便是能提供无限想象空间的景致了，犹如活动着的行为艺术，从来看不真切，却保持着新鲜的美感。

在高架与轻轨诞生之前，谁都无法想象可以凌空观察他人的生活，真是十分奇特的体验。有时经过窗口，依稀听见里面传出嘈杂的争执声，看见两个即将争斗起来的人影，刚想关注，却一掠而过了；有时是家常的画面，刚摆起来的饭桌，闻不见饭香，但能嗅到透着烟火气的温暖；还有那些从窗口抖抖索索伸出来的，晾着衣物的竹竿，一戳，就碰到了高架的护栏上；还有那些在临窗的桌前读书的小孩，头凑到了课本上，一低一低的……你打量着他人的生活，却从来看不真实；而被你打量的人，从来不知道你是谁，也不知道自己被谁看见了。

我就是你，你就是我。你看到的他人的生活，其实和自己的，没什么两样。

初遇时光

文学是我的生命吗？不是。

文学是我的信仰吗？不是。

在很早的时候，文学对我什么都不是，可是，现在，写作居然成了我的一种生活方式。我在想起她的时候，常常会产生一种有意思的联想。仿佛一个人在夜路上孤独地走着，不期而遇一个人，她能给我光亮和温暖，还能陪我打发寂寞，我发现她是能够让我倚靠的，有一种投契的欢欣，于是，我便时常被她照应着。似乎，可以不那么孤独惶恐了，到后来，便成了一种习惯。

小的时候，我是一个无所归依的人。不像很多人，都知道自己的根在哪里。我没有根。我出生在上海，说上海话，现在又回到我的出生地生活，但是，我从来没有从骨子里认为自己是上海人。

　　那个地方什么都不像。

　　它远离上海，又和南京保持着一段距离。那里都是从上海迁过去的上海人，他们在一片荒丘上建立了属于自己的地盘。它不是城镇、不是乡村，用今天的概念看，它更像一个独立社区，仿佛与世隔绝。那里生产钢铁，几万人的地方，彼此关系千丝万缕，方寸大的地盘承载了我童年和少年时期的所有希冀和梦想。

　　我在那个地方上幼儿园、小学、中学，一拨同学，从小到大，没有分开过。在高三毕业前，我没有独自坐过公交车，因为那里不需要这种交通工具。我们很早就用抽水马桶，有独立的属于自己的房间；从窗口望出去，是一望无际的田野，青山苍茫，我们走过田埂，伴着蛙鸣去上学。但是，我们不是城里的孩子，也不是农村的孩子。

　　我现在常常听上海的作家，说起上海的文化和他们写作的关系，我时常听得茫然。上海这个城市，对我是一个生疏的遥远的所在。我的记忆里，只有那个闭塞的、什么都不像的地方，它给了我单调却无限丰富的最初的日子。

童年的记忆充满了芬芳，是夏日的阳光的颜色。有一些片断，永远地镌刻在了那里，时常会从岁月的底片里浮出来。

妈　妈

在十岁以前，在爸爸和妈妈结束两地分居之前，家里只有我和妈妈。妈妈用读小说打发夜晚的冷清。在她是小姑娘的时候，她就总是捧着小说看，看成了高度近视。她喜欢勃朗特姐妹，喜欢《牛虻》《茶花女》，老唱机上的黑胶唱片缓慢地转动，让时间沉淀。那个时候，每个人都是时间的富翁，可以眯着眼睛享受时间，听时间从身边流过的声音。这底楼的两间屋子是我们的，窗外的小花园里栽着香喷喷的月季花，窗缝里有花香飘进来。妈妈读着小说，在有兴致的时候，跟我讲小说里的故事。说实话，那故事我听不懂。但是，我喜欢这样的夜晚，还有从广播里传来的长篇小说联播的温润的女声。

街角的图书馆

晚饭后，是要去散步的。夜凉如水，梧桐树叶把月光切成了一小片一小片奶酪。我牵着妈妈的手，踩着奶酪去街角的图书馆。

想起来，那个图书馆真小，坐落在工人文化宫里面。文化宫的门口霓虹灯闪烁，站在街口抽烟的男人，卖小食品的小贩，闲逛的人，影子与影子交错、移动，夜很安详。图书馆里，粗糙的木头书架靠墙摆放，隔着玻璃，看见架子上贴了标签的卷了角的书，蒙了岁月的尘土。我从架子上认识了陌生的名字：莱蒙托夫、波德莱尔、王尔德，还从那里捧回属于我自己的书：安徒生、格林、林格伦、马克·吐温……以及中国的神话传说。

那些书，让我进入了一个不一样的世界。是另一个时空。我笃信这一点，在这个世界的另一个地方，会有一个全然不同的所在，有仙女、天使、银河、海的呢喃、会飞的鱼……后来我知道，这个地方其实并不远，它就在我心里。在感到恐惧孤独的时候，它跑出来安慰我。

一包糖

一年级，我喜欢上了自己的班主任，教语文的气质典雅的李老师。李老师也喜欢我。上语文课，我最认真，学拼音和汉字，似乎很容易。李老师说话好听，或许是有鼻炎的缘故，略带轻微的鼻音，这让她的声音听起来犹如温柔的抚摸。黑板上的方块字，充满了魔力，一个个字与词组的拼接，变幻出万千不同的气象。我的造句和作文总是最好的，那是妈妈的功劳，她常常在走路的时候让我做造句练习，回家以后，让我在小本子上写日记，她会在我写得好的作文旁边画上一个红五星。

"六一"节，李老师特意送我漂亮的糖果，一大包，闪耀晶莹的光泽。这独一无二的奖赏让一颗小小的心甜透甜透。

从一年级开始，我的语文成绩和作文都是最好的，一直好到高三。我不知道是不是因为那包糖。

妈妈的提包

在家里，我最向往的地方不是食品柜，不是玩具箱，是妈妈的提包。

妈妈下班回家，我第一件事就去掏她的包。隔三差五，会掏出我的最爱。《少年文艺》《儿童文学》《小朋友》《儿童时代》《我们爱科学》《读者文摘》《青年文摘》，这些书报杂志对我的吸引力远大于好吃的零食。从《少年文艺》里，我知道，除了童话，原来有一种小说也专门写给小孩子看，还有那些散发着青草气味的散文和诗歌，以及很多让我仰望的熟悉的名字。（在很多年后，我不可思议地见到了那些只在书上见到的人。）

我舍不得一下子把它们读完，每天读一点，留到以后享受。就像吮一支珍贵的棒棒糖。有一天，我写了自己的故事，寄给那个熟悉的地址，上海延安西路 1538 号。我想象那个地方有高大的老房子，老房子里有从稿纸堆里探出头来的戴眼镜的老头。有很长时间，对那个地方的想象，是我从自己那个闭塞的小地方走出去的窗口。我在窗口放风筝。

当然，寄出去的故事没有消息。

又过了很久，有一天，我给那个地址发了一封信，我想要参加《少年文艺》举办的写作函授班。那时候，我已经是个半大孩子了，上高二，心绪明亮，踌躇满志，全然不像今天的孩子那样颓废、叛逆。我写快快乐乐的故事，说自己有趣的生活。有一个叫单德昌的老师，每月与我通信，点评我的作文。他的字写得小

而圆滑，口气像个老学究。他用了一套我完全陌生的和学校老师不同的语言，这样的评点，让我惊叹和感到亲切。

短短半年后的那个夏天，我收到了有着绿色水印的信封，它是一份获奖的通知，告诉我，我得了奖，我的文章将要发表，这个夏天，邀请我去上海参加获奖夏令营。

那个夏天，我做梦一样地来到了延安西路 1538 号，看到了想象中的老洋房，以及比想象中年轻得多的做编辑的人。我站在有宽大壁炉的编辑部里，听见粗重的门响动，木地板吱嘎吱嘎的声响，视线越过小山一样的稿纸，看见小花园里的葱郁的树木……

回来以后，我在诗里写："风筝飞出了窗口，谁又在岁月那头召唤？"

我听见了召唤的声音。它来自记忆深处，也来自遥远的未来。

　　当我出生时，她已年老。
　　我从未见过她年轻的模样，但我目睹了她漫长的年老的过程。从精神矍铄的老年初期，慢慢变得茫然、迟滞、退缩，几乎要变成她自己的影子。

Chapter 2

第二章

生命中最美的遇见

人的一生是怎样的？仿佛一首交响曲，经历序曲、慢板、快板、高潮，最后都走向落幕。

　　当我出生时，她已年老。

　　我从未见过她年轻的模样，但我目睹了她漫长的年老的过程。从精神矍铄的老年初期，慢慢变得苍老、迟缓、退缩，几乎完全成了她自己的影子。她的日子相比更加漫长，内容却空无一物，于是，她所有的日子都浓缩成一个字：等。

　　她不再主动地寻求什么，而只能等。

外婆，外婆

2013 年 2 月 7 日上午，我永远地送别了外婆。鲜花丛中的外婆真好看，她以九十九岁高龄离世，去往天堂。我知道她会一直注视着我们，我们并没有分别。

我在不同时期都写过外婆，集束在此，为外婆送行。

——题记

月亮哄睡了伤心

整整有一个月，我都无法安静地入睡。有时候，睡着睡着，会突然醒来。夜半的空气如水银泻地，我的每一寸肌肤都感觉到恐慌的重压。我把脸转向窗子，窗帘紧闭着，看不见夜空和星星，但那是让我亲近和牵挂的方向。在那个方向，数百公里以外，是我

父母的家，我的外婆正躺在父母家的床上。我不知道她此刻是不是正难受着，是不是还像以前许多个夜晚一样绝望地睁眼到天亮。如果是这样，那就让我陪她一起醒着。而就在一个月前，我一点都不知道，当我在睡梦里酣甜的时候，睡在我隔壁的外婆是怎样夜夜失眠的。她曾经答应过我，一天都不离开地照顾我，直到我出嫁。可惜，外婆终于等不到那一天了。夏天开始的时候，母亲把衰弱的外婆接到了她的身边。

外婆老了。

今年的春天，我开始盘算着秋天带 86 岁的外婆去一趟北京，让她看看电视里见到过的长城和天安门。外婆踌躇着说：不知道我还去得成吧。两年前，我曾经带她去玩了西湖。旅行团里所有的人都用一种含着深意的眼光打量我们，说还没见过年轻人特意带老人出来玩呢。那回，84 岁的外婆显出老小孩似的兴奋，还精神奕奕地随团爬上了灵山。我整整给她拍了两卷照片，装在一本相册里。外婆把那本相册一次次地拿出来给她的老姐妹们看，然后将它小心地藏在了她床边的柜子里。

现在我却知道，我永远不可能带我的外婆去看天安门了。

春天快要结束的时候，外婆告诉我，她最近总是睡不着，而且，还心慌。我说有多久了。外婆说，很久了。不要紧的，我轻描淡写地说。在潜意识里，我始终相信外婆会永远像她60岁70岁时那样健康。我让外婆在临睡前喝牛奶，我说牛奶有助于睡眠。我不让她吃她自己买来的催眠药，我说那种药有副作用。外婆听我的话，年纪越老，她越像个孩子似的依赖我。她服从于我对她的任何安排，去旅游，去吃肯德基、麦当劳和火锅。我开始搜索所有有利于睡眠的保健品、松果体素、脑白金、灵芝，可这些东西对治疗外婆的失眠毫无作用。她还是一夜一夜地睡不着。我却固执地对她说，你要放松，不要紧张，能睡着的，一定能睡着的。

我不愿承认自己是在自欺，因为我不愿相信外婆真的会很老很衰弱。我那么清晰地记得，我初二那年，从南京来上海开全国的少先队代表大会，外婆让身强力壮的邻居陪着来火车站接我，外婆戴着黑边眼镜，穿着格子短衫和黑印度绸裤子。回去的路上，70岁出头的外婆挎着包一直健步如飞地走在我的前面，进了弄堂，外婆嗓音脆亮地和邻居打招呼，几乎所有的人家都能够听到她的欢喜；我还记得，我上大二那年，夏秋交替的时节，天气在一夜间转冷，而我却没有准备好防寒的被子。那是个星期二的下午，我上完体育课回到寝室，见床边静静地躺着一只行李袋，里面是一床刚缝好的散发着阳光清香的棉被。室友告诉我：你的外婆刚刚来过，你放心，我们已经把她送到车站……我的眼泪在那一刻夺眶而出。我无法想象 79 岁高龄不识字的外婆，是如何背着个硕大的行李袋辗转着乘了 2 个小时的车找到我的学校，又是如何奇迹般地在这个有万名学生的学校里打听到我的宿舍楼和房号的，她甚至没有等到我回来，又一个人挤上了回去的公车，而那个时段，正逢上下班高峰，她瘦弱的身子正被那些下班的人推搡、挤压……

我从来都没有想过有一天外婆会老，老得不能动、不能睡。

我盘算着等空下来陪外婆去市里的医院看病，可我总是没有空下来的时候。我还像以前那样时不时地晚归。我对外婆说，我是年轻人，我要工作、要交际。我不在的夜晚，外婆便独自靠在床头看言情片，我给她买了 25 寸的飞利浦彩电，我以为只要有电视就能给外婆安慰。而每次，哪怕我回来再晚，外婆床头的灯总是不灭的。听到门的响动，她会从被子里探出身子来，说一句"回来啦"，我看到这时候的电视里放的往往是外婆不要看的晚间新闻。可外婆从来不抱怨，听见我洗漱的声音，她才安然地关了灯，盖上被子躺下。可这一夜对外婆来说，也许就是个不眠之夜。老了的人，是用久了的弹簧，不再能伸缩自如。

在亲人里面，外婆是和我相处时间最长的人。她把我带到 6 岁。在上海的这 10 年，我都是和外婆相依为命。她买菜、做饭、洗衣服甚至洗被单，一直到 84 岁那年，突发了一场急病。她发病的那天，我正在北京出差。那天凌晨，外婆醒过来时便觉天旋地转，然后是恶心、呕吐。她支撑着挪到客厅里，打开房门，然后躺到沙发上，微弱地呼救。早起的邻居把她送进了医院。我当天就飞回了上海，提着行李直奔医院。在熙攘嘈杂的门诊大厅里，我找到了躺在担架床上正在打点滴的面白如纸的外婆。我告诉自己不能哭，我要让外婆相信自己能好起来。那场大病，外婆用了 3 个月的时间来休养。3 个月后，她又坚持着从母亲那里回到上海，她说她放不下我，她不能让我衣食无着。

衰老却是个让人无法正视、避之不及的魔鬼。我甚至没有意识到外婆走向衰弱的信号。已经有很长的日子听不到外婆用她脆亮的嗓音和人说话了，坐在老姐妹中间，她不再像以往那样谈笑风生，她的目光里甚至有了一点迟滞。她开始向我叹息买菜的困难，因为她实在想不出该买些什么；她每天每天盼着我早点回家，却每每失望。

外婆还是睡不着，她说她心慌。我是多么愚钝啊，我甚至不知道让她伸出手来，搭一搭她的脉。而那时候，外婆已经有了很严重的早搏。母亲要把外婆接过去了，说让外婆好好调养一阵再回来。外婆走的时候，我是高高兴兴的。我没有想到，外婆这一去，终于垮了。

这么多日子，外婆一直是强撑着的，就像一株站立了几百年的伤痕斑斑的老树，哪怕生命细若游丝，也要体面地站着。她始终觉着自己是我的依靠，她要细致地照顾我的起居，要让我下班回来吃上热菜热饭，要让这个宽敞的房子里有个等我回家的人。可外婆终于没能撑到我出嫁，我是个不孝的外孙女。一到母亲那里，所有那些支撑着外婆的东西都溃然崩塌，外婆的身体也就垮了。现在，她每天有多半的时间躺在床上，吃大把大把的药，靠吃安眠药保证睡眠。我每天给她打电话，她总说："你一个人在上海，好苦恼（可怜）啊。"我在电话这边泪流满面。好在外婆看不见我。

　　我绝望地意识到，我永远都不可能让外婆看到天安门了。外婆的生命是一台年代久远的座钟，它正耗尽一生的积蓄沙哑地费力地走动着，直到……

　　天要塌了，外婆。让我拿什么来还你，来让你高兴？我还没有找到属于我的爱情，我无法让你看到我拥有像别人那样甜蜜安逸的生活。这个深夜，月亮哄睡了伤心，星星闭上了眼睛，外婆，让我走到你的梦里。

纸飞机

我拿了纸飞机来，是育儿杂志附送的拼板玩具。将一块块拼板从软塑纸上拆下，按上面标记的数字一一对应插上就是。外婆见了很高兴。父亲指导她说，你将拼板拆下，再按回到原处去。外婆照着做了，做得饶有兴味，并且得到了我们的表扬。然后，才由我将那些拼板依照图示拼接成了一架 F-15 战斗机。

我将纸飞机放到了外婆的床头，和她的饼干桶放在一起。饼干桶里有她平时喜欢吃的糖果和曲奇。旁边坐着一只斑点狗，是一位小读者送我的，我转送给了外婆，这也曾经让她高兴了一阵子。外婆笑起来就是一个孩童，少牙的嘴好像两片瑟缩的花瓣，与平日全然两个人。于是，我总是希望逗她笑。

外婆八十九岁，在以前，是老得让人吓一跳的年纪。而今，也成了平常。前些年身体一度衰弱，很让人担心。好在母亲调养得精细，慢慢地恢复过来，精神又很抖擞了。只是记忆力衰退得厉害，脾气也变得像个小孩。原先很懂得克己的人，现在喜怒都轻易地形于色了。当然，家务一律都不让她插手了。有时她乐意做，也不阻止，但她总是做不好。择菜时常常把烂叶子放进去，又常常拿了擦油腻厨具的抹布去抹灰，并且，总是把久远的事当成了是昨天的。我们都觉得外婆老了。

她曾经是个喜欢交际的人，与邻舍以及过去的同事都处得很熟。在过去，我们家曾经是老太太们聚会的中心，外婆虽不善言辞，但总是积极参与她们的讨论。如今，与她同龄的老人一个个故去，家里来的人渐渐少了。外婆似乎越来越疲于和别人对话，话题的内容也变得异常的狭窄，并且总是重复。只有一个老太依然是外婆的铁杆老友，她比外婆小 4 岁，行动却不如外婆敏捷，并且总是忘了自己的年龄。她们每天要见面，一日不见，就要相互思念。

母亲感叹，外婆的生活天地已经缩得很小很小。也许，每个步向人生晚年的人都是如此。然而，做晚辈的，心里仍有一点不习惯，还有一点不忍。

外婆一天里大部分的时间都坐在窗口，然而窗外并没有吸引人的景致。没有流动的车辆、来往的行人，更没有赏心悦目的青山秀水。然而她仍是专注地望着窗外，偶尔有新的发现，就会兴奋一会儿。比如她见着有个女人急急忙忙从楼梯上下来，又急急忙忙反身回去，就想她准是落了东西；再比如，见着有宠物狗跟着主人回来了，那狗的尾巴摇得起劲，也是一桩有趣的事；还有，邻居家的晒衣竹竿从来不收回去，雨淋日晒的，这也是个重要的发现，并且要数落很多遍。她的兴趣点变得很少，然而快乐也同样变得很轻易。

我很想让她增加点快乐。那次去美国，很重要的一件事就是为她买几件老人玩具。我想当然地觉得美国应该有这类玩意儿。然而走了几个地方，询问了所到的商店，店员都向我茫然地摇头。只能败兴而归。

就这么不经意地有了纸飞机。这种在一般人眼里特别简陋的拼图玩具却给了外婆不少乐趣。后来又有了两只"恐龙"。闲了，她把纸飞机和恐龙拿到窗边欣赏，我把它们拆了，让她重新拼接。这对她并不是件容易的事，有时，她拼接得十分可笑，但还有几分创意。倘若第二次拼得有进步，便是一件让我高兴的事。

有一次，偶尔坐车经过胶州路，见到路的拐角居然有一家残疾人用具和老人益智玩具的专卖店。但只是一掠而过，没有机会下来。想，以后会有机会的。然而以后，却没有了机会路过。就这样，竟然大半年过去了。这件事我却一直没有忘，成了我的心病。尽管如此，还是一拖再拖。写这篇文章的时候，我下决心一定要特意去一趟了。因为我实在不想让它成为我终生的遗憾。

有一个词叫"珍惜"

熟悉的朋友听说我和外婆睡在一张床上，都叹说"不可思议"。

父母从外地回上海后，家里突然变得拥挤了，外婆让出一间房，搬到了我的屋里。我和外婆相差近六十岁，作息时间自然大相径庭，为了不影响她休息，我学会了在深夜轻声敲击键盘，压低声音打电话，还要蹑手蹑脚地走路，音响和影碟机也久置不用了。晚上，外婆睡一头，我睡另一头。虽然她从来不曾影响我，但和一个人的时候却大不一样了。我过上了一种准老年的生活。

起初是不习惯的，独立空间的被占用，生活节奏的被打破，是对人忍耐力的考验。每每焦躁，便用另一个理由来安慰自己：享受亲情是人间最大的福。况且，拥挤是暂时的。

无数人劝说我：搬出去独自住吧，这年头，哪个年轻人乐意和父母住？他们举出和父母同住的种种弊端：不利于社交、没有隐私、会被人视为"保守""长不大"、无法调和的"代沟"……最实际的一条：可能把男朋友吓跑。"你太不现代了！"见我不为所动，朋友说。

我知道，"现代"有时和"独立"、无所"牵挂"与"顾忌"是同义的。"现代"这个词如今有些含义不明，而与之相对的"传统"也有些界定不清。那我姑且做个传统守旧的人吧。

在与父母团聚之前，我已经"独立"了十多年。那些年，我一个人求学、工作。来去自由，无所牵挂，享尽一个人的愉快与孤独。我住的屋子，没有丝毫烟火气，因为可以几个月不起油锅、不做饭。晚归时，从来不急迫，那扇黑着的窗户里没有为我亮着的灯。在内心充实时，孤独是奢侈品，可以用来享受的；而内心空虚时，孤独就是一把剜肉的刀了。逢到长假，又懒得出门，犹如困在孤岛上，几能患上失语症。

到了过年，总要在长途电话里讨论几遍：是我回去过年呢，还是父母来这里过年？如果是他们过来，便显得兴师动众。团聚也是暂时的，而且总不能安心。无论是去还是来，总觉得很快要走，这年就过得有些动荡，不踏实。而说实话，这么来来去去，是折腾人的，便心想：何时是个尽头？

如今，团聚了。在度过了短暂的适应期后，我很快发现了和父母、外婆同住的好。首先是有人说话了，无论是高兴还是不高兴，都有人说，有利于发泄情绪；其次，有热饭吃了，哪怕喝一碗粥，也有家的味道。至于其他好处，均是看不见的。你不再孤独、担惊受怕，天大的事有人与你分担了；唠叨是难免的，但总比无人关心好，你尽可以把它当作音乐来听；沟通是需要的，上一辈也在成长，观念在更新，你喜欢的新事物他们多半有兴趣；更重要的是，空荡的屋子里有了热乎乎的气息，这气息金钱买不来。

又到过年，这回的年可以过得不动荡了。父母早早地腌制了咸蹄髈和酱肉，还是小时候"年"的记忆。大年三十的时候，九十岁的外婆说："再过一天，就是'明年'了。"她也期盼着新年。

过了春节，就要装修新居了。买了新房，我仍然选择与父母、外婆同住。这些温馨的日子总有一天要失去，不如趁现在，好好享受亲情的味道。有一个词，我一直很喜欢，叫做"珍惜"。懂得珍惜的人，大概也不容易失去吧！

明日，明日

先哲对人们说：要带着明天就要离开这个世界的心态去过每一天。但这并不是一件容易的事。对很多尚年轻的人来说，过去永远存在，并且总和将来有关。现时只是通向未来的通道，今日往往因为明日而有趣。如果没有明天，为什么还要努力呢？

有没有人只为过去和现在活着？当然是有的。这些人，往往比较散淡乐观，含糊度日，安于现状。在他们眼里，当下的远比明天重要，领悟当下，就意味着摆脱时间的控制。

的确，每个人都根据自己的需要来看待时间，来阐释过去和现在的含义。对历史学家来说，时间是对过去的研究；对股民来说，它就是证券价位；对一个丧子的母亲，它是对儿子的记忆；对一个精疲力竭的人，它是树阴下的休息；对一个鸡皮鹤发的老人，它是青春韶华的回味；对失去爱情的人，它是曾经的缠绵与哀婉……

我时常和老人接触。他们大多活在过去，甚至难以过渡到当下。曾听一位声名赫赫的老人感叹："你无法想象，每当入夜，我是如何百感交集！"老人在耄耋之年，依然思路敏捷笔耕不辍，深得晚辈同仁爱戴。在众人眼里，他性格如顽童，咖啡香烟，美食影碟，看似洒脱，却时常面对晚辈长叹一声："年轻真好！"老人感叹时，浑浊的眼里竟有泪光闪动。我不忍心问老人，夜半时分到底有何感慨，依我当下心境自然难以理解走向人生的尽头究竟是何种滋味。

于是，我便想，那些退居到过去和现在的人，其实也是曾经展望过明日的。当明日于他们是一条灰暗的通道时，便在潜意识里包裹掩藏自己的欲望，耽于今天的安稳。想到这里，心里便有一分酸涩。

在很长时间里，我都无法承认自己的长辈在老去，曾经身姿矫健交际活跃的外祖母，在慢慢地脱离鲜活的世界。随着年纪的衰老，她自己的世界正越缩越小，她的关注点，她的活动区域，包括她的记忆都在萎缩，更奢谈明日。

外祖母今年九十二岁，大约在六年前，我意识到与她的交流障碍，她似乎没有能力倾听与反馈，逐渐难以融入社交圈。害怕独自出门，害怕独处，需要家人的陪伴。时而自言自语，寻找往日的寄托。在躯体衰老的同时，更明显的是智力的衰老，或者说是退化，思维有时如同幼童。过去从不吃零嘴的她，渐渐爱上了各种零食。我每天出门时她总要问我"是否回家吃饭"，几小时后，便忘得干干净净。她终日坐着，看窗户外单调的车来车往。过去爱看的电视似乎也没有能力看懂，只是图个热闹。根本无法记住日期，年份日期对她不再具有意义。她好像很拒绝承认自己的年龄，每每让自己的年龄在八十九岁以内徘徊。与她同龄的老友健在的已很稀少，最要好的同伴被子女送进了养老院，她最大的牵挂就是这位老姐妹，时常念叨并感叹："苦了一世，有儿有女，却落得这样的结果！"在外祖母眼里，养老院始终是个子女不孝的概念，旁人已无可能改变她的认知。在她，与晚辈同处，便是当下她最大的安慰。她大多时候是沉默的，只有在偶尔说起童年或青年往事片断时，脸上才活泛出神采。我完全能想象，在外祖母心中，明日定是个可怕的象征。她拒绝明日，就像拒绝承认自己的年龄一样固执。

目睹身边的长辈老去，我所看到的，不是他们走向未来的轨迹，而是一条慢慢退归"童年"的路，耽于现在，停留，缓缓地回流到生命的最初、原点，直至消失。所以，如果能有勇气和心情展望明日，这是一件多么幸运的事情。至少说明，你的生命力还旺盛，你对未来有信心，你可以证明自己能活得更好……

明日，明日，原来也是一个奢侈的概念。如果你还能渴盼明日，就请给自己一个感到幸福的理由！

你可听见沙漏的声音

我从未听过沙漏的声音，但我知道，它一直在漏，一直在漏，犹如蚕食桑叶，沙沙，沙沙。

它好像幼芽钻出泥土时发出的一声轻微的欢呼，又好像枯叶从枝头坠落，那忧郁而充满眷恋的叹息……

人的一生是怎样的？仿佛一首交响曲，经历序曲、缓板、快板、高潮，最终都要走向落幕。

当我出生时，她已年老。

我从未见过她年轻的模样，但我目睹了她漫长的年老的过程。从精神矍铄的老年初期，慢慢变得茫然、迟滞、退缩，几乎要变成她自己的影子。她的日子被无限地拉长，内容却空无一物，于是，她所有的日子都浓缩成一个字：等。

她不再能主动地寻求什么，而只能等。

等待一顿可口的饭菜，等待一包松软的点心，等待早晨出门的家人早点返家，等待我——她最疼爱的外孙女将她干枯的手捧在掌心里，用我的温度暖一暖她。

她慢慢退回成一个小孩子，常常忘了年龄，又常常被自己很老很老的岁数吓一跳；她越来越思念早已逝去的曾外祖母，独自一人时，她轻唤：妈妈，你在哪里呢？我这才知道，她的生命已变得如孩童一般简单而清澈，不需要掩藏伪装，她可以无所顾忌地表达欢喜和怨艾，而你也能轻易地通过抚触与微笑达成她的愿望。

细雪飞舞

我说：快把裤子脱下来！

她无助地望着我：脱下来……会冷啊。

母亲在一边道：快脱吧。

母女俩都有些烦躁，恨不得闭上眼睛，恨不得眼前的场景早点结束。九十五岁的外婆，从厕所出来，小心翼翼地要求她的女儿和外孙女看看她的内裤，上面是不是粘了大便。

母亲道：你自己不能看看啊。

她惶然地站着，不晓得听见没有。只好大声说话让她听见。

她开始抖抖索索地解裤带。外面一层灰色罩裤，里面一层蓝色呢绒棉裤，再里面是薄绒线裤、雪花红色的棉毛裤，最后露出浅蓝色的棉三角内裤。

内裤上果真粘了浅棕色稀薄的屎印。

有吗？她仍旧小心翼翼地问道。

有！我大声说，换条内裤吧。和她对话需要简洁，句子一旦长了，她往往无法听清你的意思。

裤子一层层脱下来。罩裤、棉裤、绒线裤、棉毛裤，我帮助她拉住裤脚。用力一拽，一大蓬雪花样的皮屑在房间里漫天飞舞起来。那干燥的"细雪"像是被风吹起，落在地板上、沙发上、茶几上……也落在我刚刚洗好还没来得及吹干的头发上，余下的一些，仍旧缓缓地在空中飘。

我惊叫一声，后退一小步。

赶紧去拿扫帚。"细雪"半粘在地上，很难清扫，只几下，就已经积起一堆。足足有半两重吧。

浴室里，母亲倒温水给她擦洗身体。她喃喃道：从来没有这样过。但我和母亲都知道，她这个样子早已不是第一次了。为了节省，她甚至不舍得多用一点手纸，内裤上时常要粘一星半点的屎印。

可我和母亲一天都没绝望过，都想唤醒她尚未消失的"潜能"：她自己能洗得很干净的。

母亲把换下的内裤泡在温水里，拿到洗衣间去。

外婆换好了内裤，花了很长很长时间，重新穿上棉毛裤、绒线裤、棉裤和罩裤。我自己会洗的哦。她说，一边说一边慢慢走去洗衣间。

她果真搓洗得很干净，年轻时练好的基本功一点没有忘记。我帮她绞干，晾好。

她却没有跟着我出来，心事重重地在旁边的藤椅上坐下，沉默良久。

半晌，听到她叫我。

我有话跟你说，她仍旧心事重重的样子。

说什么啊。

不要告诉你爸哦。她说。

我无奈地笑了，你这样不是第一次，爸早知道。但我知道，她根本听不清我说了什么。

孤　　漠

我要先睡了。

她说了一声，轻轻阖上自己的房门，把客厅里的电视声关在外面。这个时候，一般不到晚上七时半。她的房间朝北，不大，有她用了一辈子的红木大床，床头柜上的饼干桶里有没牙的嘴尚能咀嚼的法式小面包、旺旺小馒头。半夜醒来，她常常肚饿，就用它们来打发饥饿与寂寞。

我时常想象她的漫漫长夜。目送她走进房间，仿佛看见她走入深不可测的黑色巷道。一个人，缓缓摸索，寻找明亮的出口，直到曙光来临。她的长夜自然是辗转难眠的。人如果活得很老很老，上帝会慢慢剥夺她残存的活力，直到不能听、不能睡、不能吃、不能动、不能想……你目睹那个过程，从心痛不忍、难于接受到理所当然，偶尔心中泛起酸楚。

夜对她来说真的是长。一觉醒来，往往子夜刚过，她却并不知晓几时几分。她趿拉着拖鞋，在各个房间走动，厨房、浴室、阳台……她按动墙壁上的开关，啪嗒，啪嗒，一下，一下，又一下。偶尔，她借着射进屋内的月光爬上楼梯，来到我的卧室门前，轻轻转动门锁。这些声音或许细微，但在夜的衬托下，却异常清晰。常常地，就惊起了梦中人。我打开门，她站在门口，茫然无措地说一句：你爸妈他们呢？有时，就只是沉默地看你一眼，转身，慢慢下楼去。她用双手死死抓住扶手，抓得很紧，只听见她松弛的皮肤与木头之间胶着摩擦的声音："吱——吱——"

终于是白天了。

她安静地站在窗口，或者坐在阳台上眺望远处。说"眺望"也许太奢侈，我们居住的地方已经少有眺望的空间。她的眼神穿过楼与楼之间的夹缝，望向远处的马路。梧桐树掩映下的马路，上面有车来车往。

"往东去的车子比往西去的车子多。"她有时自言自语，有时也对我说。

望累了，她低下头，微闭眼睛，进入她白天的梦。我想象她的梦，却全然无所得。那里，大概也是一片孤漠吧。

开　船

开船啰！

我从后面拦腰将外婆环抱住，起劲地却又小心地推她朝前走。她穿了厚厚的棉袄，从上到下一样粗。我仿佛抱了一个枕头，又安心又妥帖。

她呵呵地笑起来，小心，小心跌倒！嘴里却幸福地提醒着。

借了我的力，她挪动一双缠过足的脚，果真轻快了许多，步履也有了节奏。

小心，小心，要跌倒了！她笑着，步子又快了一些。

小时候，我也是这样跟在她后面跑吧。只是那时，她用不着我抱。她来火车站接我，提了我的行李袋，拼命挤上拥挤不堪的公交车，把我护在干瘪的胸前。

她那时就已经是个老太太了，却还是步履矫健。我跟在她身后，害羞地低着头，在邻居们的目光里走进弄堂深处。我恨不得快点逃离那些目光。

外孙女来啦？邻居阿婆道。

来了！她快活地答，声音又脆又亮。

我跟在她身后。在淡金色的余晖里，望见她年老却依然轻捷的背影，她的身体微微前倾，仿佛要努力去接近一个目标，宽松的黑色绸裤被穿堂风吹得瑟瑟抖动。她的手臂好长哦，而且有力，手中的行李似乎并没有拖累她的脚步。我需要小跑才跟得上她……

开船啰！

我从后面箍住外婆。轻轻推着她往前走。

她其实还不需要我推，她能走。只是，站起时，身体要打晃儿，好像一株根基松动的老树。她需要镇定片刻，似乎在思考该迈左脚还是右脚，方能郑重地移出一小步。走一段路、下一次楼、上一趟厕所、吃　顿米饭，在年轻人眼里理所当然的平常事，在她，都渐渐成了一件大事。

给我系一下围巾……

每天晨起，她都拿着那条黑底绿花的绸丝巾走到我或者母亲跟前。我或者母亲就会将那围巾在她脖子上绕上几圈，打上一个松松的结。

帮我解一下围巾，我解不了上面的结……

每天睡前，她都像个孩子一样，好像想起了重要的事情，从她的房间反身出来，走到我或者母亲跟前。我或者母亲就会不厌其烦地帮她解那个并不难解的结。

她享受着这个过程，享受女儿或者外孙女的手在她的颈间缠绕，那片刻含蓄的亲昵，那似有似无的搂抱……

她不知道，其实，我也好喜欢在后面抱住她，轻轻推着她走。

开船啰！

我看不见她皱缩的脸，看不见她混浊的眼睛。我只听见她的笑：要跌，要跌倒了哟！

写给你的话

我把外婆的故事和你分享，你是否会觉得突兀与隔膜？是的，假如身边没有一个很老很老的人，往往很难理解这些故事。但是，每个人都会老。我们可以改变很多事情，唯有年老的进程无法改变。

无法挽留的时间……

幸好，这个过程是未知的，没有时间的期限。我希望你有时能驻足于这个令你感到惊叹的世界，体会你从未有过的感觉——自己的感觉、亲人的感觉。只要你想，随时都可以重新开始。相信我。

感　　觉

　　小时候，我没有在父亲身边长大。父亲的影子模糊在我记忆的底片里，记不得父亲年轻时的模样，更无从重温在父亲怀里撒娇的那份绵软的感觉。十多岁的那年，是在一个疲惫的午后，晕黄的阳光透过窗棂照在老式的照相簿上。我费力地在大堆的旧照片里翻检，企图找到一张童年时和父亲的合影。整整找了一个下午，最终还是失望了。我跌坐在零乱的照片中间，嗅到那股陈旧的纸张特有的味道，一股感伤的情绪慢慢地在心里弥漫开来……

　　莫名地便在心里和父亲隔了一层。即便是生平第一次和父亲合影，竟也是别扭着。那一回，父亲带着我和同事一起出游，我们在一块巨大的山石上照了一张相，黑白的，出奇地丑。照片上我和父亲隔着半人的距离，父亲因笑得过分，脸几乎变了形，我则将头扭向一边，表情尴尬着。那张照片后来竟被我偷偷地撕了。

总感觉我们父女少了一份惯常的亲热，我从不会在父亲的腿上厮磨，更没有挽着父亲外出的习惯，我们甚至很少坐下来谈心。与父亲在感情上的疏离成为我最大的心病和遗憾，我曾经不止一次对密友叹气，说从未有过小时候让父亲搂抱的记忆，并且发誓将来有了孩子，绝不让他在幼年时远离自己。

及至到异地上大学，时空隔开了我和父母的距离。母亲每每在信中诉说父亲对我的牵挂，父亲难得来出差，总要上街买些鱼干之类我最喜欢的零食，父亲并不多言，而我在夜间读书用这些零食充饥时，常常能恍惚感觉到父亲传递过来的淡淡的关怀。

我是一个笃信感觉的人。后来每每感觉到父亲对我的好，我都会悄悄怀疑自己过去的那份感觉是否准确，并且后悔不该毁了那张唯一的和父亲的合影。而我相信粗心的父亲一定是早已忘了它了。

直到有一天，当我回想生命中遇见过的许多人的时候，我忽然意识到，哪怕是我最亲密的母亲和外祖母，我都不曾有她们抱过我的记忆。这一恍悟或许在别人很平常，但它确实给了我大彻大悟的惊喜。我凭什么因自己并不切实的感觉而怪罪于同样爱我的父亲呢？

感觉爱也是一种能力吧，就像对幸福的自觉一样，倘若不会发现和有意地感知，那么不管别人如何爱你，你也无从知晓。

但愿我醒悟得不算太晚。

恩师朱效文

说起我和儿童文学的缘分，有一个名字是不可回避、无法忽略的。正如"父母""故乡"之于一个人的意义，它们是一个人终身携带的精神标签，永远不会褪色。朱效文先生，是我文学的启蒙者、扶持者和领路人，之于我，他有着多重身份。我甚至认为，他直接奠定了我迄今为止的写作道路和人生道路。因为，如果不是他，我的职业和人生选择，完全可能是另一番模样。

1989 年夏天，我意外地收到了来自《少年文艺》编辑部的"获奖通知"，邀请我去上海参加"第二届新芽写作函授班获奖学员夏令营"。欣喜之余，我却犹豫着要不要去。时逢高二升高三的关键时期，去上海一周要占用宝贵的复习时间。最终，还是母亲帮我拿了主意："去！开开眼界！"就这样，暑假里，我懵懵懂懂地去了上海。谁都不曾想到，这是一个改变我人生的契机。

回想起来，写作并非我少年时代的理想。报名参加新芽写作

函授班，最大的动因是因为"有可能获得发表的机会"，还想知道"那些总被老师拿来做范文的作文，到了外面会处于怎样的水准"。做梦的年纪，梦想并不确切。尽管如此，那个夏天的出行还是给了我终生难忘的记忆。我做梦一样地来到了延安西路1538号，看到了想象中的老洋房，以及比想象中年轻得多的做编辑的人。我站在有宽大壁炉的《少年文艺》编辑部里，听见粗重的门响动，木地板吱嘎吱嘎的声响，视线越过小山一样的稿纸，看见小花园里葱郁的树木。对于来自小地方的我，这是一种怎样的气息呢？像温热的刚出炉的面包，像冬天里的暖被窝，像黑夜里醒来时看到的第一线天光。这是我有记忆以来，最最美好的气息。那时候的我并没有意识到，我的人生可能会被就此改写——我在这里结识了生命中最重要的师长：朱效文先生。

朱效文先生当时是《少年文艺》的诗

歌编辑，四十岁不到的年纪，充满书卷气。他戴秀朗架眼镜，穿蓝格子短袖衬衫，因为用眼疲劳，喜欢不由自主地眨眼睛。在对成年人普遍畏惧的年龄，我似乎并不那么怕他。二十三年过去了，只要想起朱效文先生，他在我印象中始终是当年那个清秀儒雅的模样，没有变过。我并不清晰地记得我们有过哪些谈话，只记得在颁奖活动结束后，作为诗歌编辑的他问过我"会不会写诗，喜欢谁的诗"。我的答案是否定的。在我那可怜的阅读经验中，我只对徐志摩和泰戈尔的诗有些粗疏的印象，谈不上有多大喜爱，更谈不上动念写诗了。据效文先生后来说，凭他的直觉猜测，认为我有写诗的天赋。"她给我的印象，既有少女的清纯和脱俗，又有超出同龄女孩的干练和对艺术的敏感。"（引自朱效文先生为我的第一本散文集《纯真季节》作的序）他热切地鼓励我尝试写诗，写了诗，可以寄给他。

夏令营结束后，我重新回到了原先的轨道，一切都没有改变，但一切似乎都变了。在紧张的学业之余，我开始如饥似渴地阅读能找到的诗歌，除了泰戈尔、徐志摩，还有戴望舒、波德莱尔、兰波、叶芝……不久，我的文章平生第一次在《少年文艺》上变成了铅字——那是一篇函授班时期的获奖作文《我的同学们》。这次发表对我来说意义深远，它激发了我潜藏着的对文学的憧憬和挚爱。更让我喜出望外的是，十月的一天，我收到了朱效文先生的来信，在信中，他说自己正患病住院，但没有忘记和我的约定，邀请我参加《少年文艺》举办的中学生诗歌征文活动。他甚至提到，假如学习紧张来不及完成，可以特意为我将征文截稿期限延长。这是一封让我受宠若惊、激动无比的信。那个深秋的下午，在最后一门期中考试科目结束后，我把自己关在房间里，一气呵成地写下了人生中最初的诗行。很快，便收到了效文先生反馈，他喜悦地告诉我，我寄给他的三首诗里录用了两首，并且，"这将是《少年文艺》历史上发表的最长的学生创作的诗歌"。他在信的末尾这样写道："夕阳还未落下，我举着信愉快地奔向邮局。"他或许并没有意识到，这诗歌般的句子犹如一把钥匙，已经在冥冥中开启了一个女孩的人生之门。

整个高三一年，和朱效文先生通信成了我学业以外最重要的内容。他在信中谈他自己的创作，谈他的人生经历，谈文学之于他的意义，我也向他请教专业选择的困惑，对前途的期许。对我这样一个文学初学者，他放下架子，以一个朋友的姿态引导我走向一个瑰丽的文学世界，他让我看见那个世界有多广阔、丰富、迷人。

但是，因为命运的安排，高中毕业，我并没有就读钟爱的中文系，而是免试直升了华东师范大学法政系的思想政治教育专业。远离父母来到上海，我并没有感到孤独。在渐渐品尝到专业不称心而带来的失落和烦恼时，我得到了效文先生这位大朋友精神上的有力支持。他来学校看我，为我制订了自学中文系课程的计划，提供相关的必读书目，竭力怂恿我回归"文学之路"。这条回归之路并不好走，在某种意义上，我也在这个过程中重塑自己原本随波逐流的"乖孩子"形象，不再是逆来顺受地接受"要我怎样"，而是主动寻求"我要怎样"。

大学四年，我的大多数时间是在图书馆度过的。在那里，我如饥似渴地阅读和写作，从写诗开始，慢慢学写散文和小说。而每走一步，都得到效文先生不遗余力的鼓励和手把手的修正。我获陈伯吹儿童文学奖的第一首童话长诗《骆驼王子和沙漠蜃景》，第一个短篇小说《老俞头》，从构思、结构到语言，都得到过效文先生的细心斧正；我的第一组集束散文《纯真季节》，也是在效文先生的提议和鼓励下在《巨人》杂志陆续推出，并荣幸地被列入《巨人》丛书出版。可以这样说，我早期的创作中，从诗歌到散文到中短篇小说，无一不留下效文先生的痕迹。作为一个资深的文学编辑和作家，他很清楚，给一个初学者提供较多的发表机会意味着什么——意味着信心、动力、鞭策，意味着可以触摸到的梦的实现。而之于处于青葱岁月的我，效文先生早已经超出了一个文学编辑的意义，他是我可以信赖的文学和人生导师、平等交流的大朋友。他让懵懂的我日渐明白文学的真谛，明白什么样的文学才是好的文学，什么样的路才真正适合我。

我和效文先生的交往中还有一些值得记取的日常细节：二十多年前，我第一次吃肯德基快餐，是效文先生请的，那是在外滩东风饭店，肯德基在上海的第一家门店；我工作不久，住在老城厢的外婆家，效文先生关心我的写作环境，登门看望我和外婆，在我的大朋友里，外婆最熟悉的就是他；1996 年，我搬了家，效文先生特意挑选了一盏别致的台灯作为乔迁礼物，十六年过去，这盏台灯依然放在家里显眼的位置……

人生中充满神秘的机缘。我不知道有多少编辑能做到效文先生那样的境界，我是何其幸运。当我后来也做了编辑，每每收到陌生作者的来信来稿，脑海里总是跳出效文先生的名字。他是我心中的标杆，我也唯有怀着体恤之心去对待那些陌生的作者，才对得起编辑的职业良心。而对于效文先生的知遇之恩，"感激"二字已显太轻。我唯有努力，珍惜手中的笔，永远葆有最初的赤诚和纯粹，心无旁骛地在文学之路上走下去。

敲　门

"梅家军"选集编好了，我在短信里对梅老师说："我要写一篇和您有关的文章。"

他回我道："很多年前，我听见有人敲隔壁的房门，开了门，看见外面站着一个美丽。故事就开始了。很多年了！"

是的，很多年了。而以这样的形式开头的师生故事，并不是很多。

20多年前，我刚刚工作，在一本家庭教育杂志当记者。冬日的某一天，我去拜访一位上海师大的心理学教授。上海师大教工宿舍的院子紧挨校园，一律简洁素朴的青灰色楼房，我走进的那个门洞与别个不同，它的外墙爬满在寒风中落尽了叶片的藤蔓。

我按照约定时间到达那里，可是，敲门，没有人应。那时，没有手机，无从知道教授发生了什么临时状况。无奈之下，抱着一丝侥幸，我敲了教授隔壁的门。

那扇门开了，门后，站着一个头发微卷的中年男子。他的脸没有什么表情，声音却很和善，那声音里有着一般男声少有的圆润。我结结巴巴地说了自己的疑惑，想确认刚才敲的那扇门里的确住着我要找的教授，我还问眼前的男子，是否知道那位教授去了哪里。他当然没有给出理想的答案，但是，他的和颜悦色没有让我感到一丝尴尬和局促。后来，他关上了门。

时隔太久，那天是否最终等到了要找的心理学教授，我已淡忘，却清晰记得那个回答我问题的中年男子，他的耐心对于当时有些失望狼狈的我是小小的安慰。我还恍然觉得，我是认得这个中年男子的。我知道，他是梅子涵。

隔了一些年，当我成为梅老师的研究生后，我们才彼此"相认"。他也清楚记得曾经为一个陌生的女孩开过门，并且确认，那个女孩就是成为他学生的我。只是我们俩的记忆有一个细节上的偏差。我记得的是自己敲了他的门，而他记得的是，他听见隔壁的敲门声，主动开了门。但这并不重要，重要的是，如此戏剧化的开端，在我心里是一个隐喻。在我写作的路上，梅老师就是那样一种形象——引领我，一路敲门，敲开通往文学圣殿的门。

我先前说，第一次见到梅老师，感觉是认识他的，这并不是错觉。因为在那之前，读《少年文艺》长大的我早已熟知他，也约莫知道他的长相。他写短篇小说《双人茶座》《走在路上》的时候，我还是个小孩子。我一开始就知道，这是一位行文很特别的作家，至于特别在哪里，我说不好。再后来，当我也成了《少年文艺》的作者，更是从编辑老师那里经常听说"梅子涵"的名字。1990年我高中毕业时，对我有知遇之恩的编辑、作家朱效文先生曾经为我从梅老师那里打听过与高考相关的问题。而这件事，我想梅老师一定是没有印象的。没想到时隔几年，我会因"敲门"而遇见心中早已熟知和仰慕的作家。因为生性腼腆，加之当时的特殊情境，我自然没有勇气"认出"他来。而这些话，我也是至今没有对梅老师说过的。

我与梅老师真正的"认得"，又过了一段日子。1995年秋，《少年文艺》邀我参加在雁荡山举行的金秋笔会。去雁荡山要坐船，从十六铺码头出发，船行一夜方能抵达。那次笔会，来了全国各地的作家，大多数是第一次见，里面就包括梅老师。儿童文学界的笔会总是和融、欢快而又浪漫，很多人在星夜的船舷上唱歌，一支接一支地唱，眼看着远方的星星隐入海面，又从海面上升起来……我是里面最年轻的一个，在众人面前，时常因为害羞和拘谨而沉默，直到笔会接近尾声，我和梅老师都没有说过一句话。只是有一回，偶然同路回到宾馆，在门口分手时，梅老师轻描淡写地说，他要主编一套长篇小说，想请我加入。

我诚惶诚恐。之前，我一直写诗歌和散文，零星发表过几个幼稚的短篇小说。写长篇？简直是遥不可及的事！我讷讷着。梅老师又说，你能写的。他并不多话，神情里却给了我肯定。梅老师平时多半表情严肃，给人不可亲近的假象，但所有的熟人都知道他是个"冷面滑稽"，时常将人逗得乐不可支。在幽默和生趣之外，他其实还有为人师长的和蔼与体恤，以及叫人感动的护犊之情。他那时候的神情便是这样的，叫惶惶不安的我安下心来，仿佛真的觉得自己是"能写的"了。

之后，我迎来了人生中第一次创作情感的喷发，开始写作第一部长篇小说《玻璃鸟》。在周末的时候，我去办公室写作，用钢笔写在300格的绿色水印稿纸上。那是我人生中最顺畅的一次写作，几乎不用冥思苦想，万千话语从笔端自然流泻。我想着梅老师说的，写你想写的。他没有给我任何约束和教条，任由我去写，仿佛，他是完全信任了我，没有一丝犹疑。我不晓得他哪里来的信任。一个初次尝试长篇小说写作的人，很可能一路开无轨电车，写豁了边。他是不是应该提出先审一下我的提纲呢？又或者，先看看我草拟的开头？但他都没有。我则想着，千万不能辜负了他的信任。这是我和他之间看不见的默契。

小说在最短时间内完成了，之后的审稿、出版，顺利得出乎意料。加入这套书写作的，都是年龄略长于我的写作者，他们中的很多人在后来的写作里成就斐然。而这套以"花季小说"命名、由福建少年儿童出版社出版的长篇小说书系，几乎成为了二十世纪九十年代下半叶儿童文学界的标志性事件，它很可能是中国第一套成规模的成长小说书系。梅老师去北京召开这套书系的新书发布和研讨会，回来后，神采飞扬地鼓励我说：著名评论家曾镇南先生赞扬《玻璃鸟》"就文学语言的精洁劲爽、朗润清新和自然显现的形象捕捉力而言最获我心"（大意）。这样的转达让我受宠若惊，也多少给了我一点点信心——我大概也是能写小说的吧。

也正是从《玻璃鸟》开始，我由原先的诗歌和散文创作转向小说创作了。至于后来成了梅老师门下弟子，也是一种自然而然的缘分。

我大学本科学的不是中文，虽曾自学过中文系课程，也终日在图书馆补习阅读课，但和科班出身的中文系学生相比，总有一段差距。也是因为一位同时熟悉梅老师与我的朋友的建议，我萌生了报考梅老师研究生的念头。那位朋友当着梅老师的面对我说："你为什么不去报考梅老师的研究生呢？"我问梅老师："可以吗？"梅老师回答："当然可以。"

1998年年初，我参加了全国研究生统考，报考在职全日制硕士研究生。很幸运，1998年9月，我正式成为"梅家军"一员。

回想起来，这三年的研究生生涯对于我意味着什么呢？它一定不能等同于一张文凭，也不局限于从梅老师理性诗意的课堂上所得的教诲。这三年，对我来说，意味着整理、重装和重新出发。梅老师的课堂有一种神奇的魔力，他是我所见过的最有感染力的故事叙述者，他用一种诗情与美好的笼罩，湿润你或懵懂或木然的心，他是可以让贫瘠的心灵土地萌出嫩芽儿的。而你依凭的是自己的力量，是自己自然而然的醒悟。没有人催促你，提醒你，而你就在这样的氛围里面，深深沉浸，慢慢长出有自己样子的枝叶来。他把世界上最优秀的儿童文学拱手相送，教你体悟什么是"儿童文学的大感觉"——我后来意识到，"感觉"对于儿童文学写作者太重要了，与其说它是习得的，不如说它是天生的，它是融入生命的天赋。我原是一棵枝叶纷乱的树，这三年，树上的枝叶仍在生长，但它们被理顺了，逐渐长得有模有样了。我也看清了真正的文学是什么样子的，我按照最好的文学的样子来重整自己，尽我的努力，希望能一点一点地接近。我有了新的起点，也有了新的目标。还是像以前那样，我一边念研究生，一边工作，一边写作。我发表的作品，梅老师每一篇都看了。

之前，我曾经写过几个关于少女性心理和青春期萌动的中篇小说，采用的是一种谨慎的、适可而止的姿态。但在有了那些叙述之后，却有了一种骨鲠在喉的感觉。在少儿文学领域里，似乎存在着种种的"不可以"和"不恰当"。这样那样的"禁区"让写作者不自觉地畏首畏尾、避重就轻。我向梅老师说出自己的疑惑：

当面对一个特定的读者群，当叙述面向的意识在头脑里过分清晰的时候，它们便化作了一条捆缚你的无形绳索，甚至可能为此放弃一些完全可以写的好题材。"可是，我真的很想写。"我说。他依然一副波澜不惊的平静表情："写吧，把焦距瞄准少女青春期的成长和苦痛，写一个细致的大东西。"

他说"大东西"，他鼓励我写这样一个题材的长篇小说？我几乎没有犹豫就决定了，是他帮助我下了决心，做了决定。当一个人疑惑不前的时候，常常需要另一个信赖的人帮助他说出心里的声音。梅老师时常能起到这样的作用。

1999年初夏，我开始写《纸人》，2000年年初完稿。我在这部长篇小说里，酣畅淋漓地写出了"很想写的东西"，而这些东西却是过去的原创儿童文学里很少出现的。

小说出版不久，2000年冬天，由梅老师主持，和二十一世纪出版社一起在上海师大举行了《纸人》研讨会。这是我人生中的第一次作品研讨会，也是我后来所参加过的研讨会里比较纯粹、专业、清醒的一次。评论家和我的师兄妹们不吝褒扬的同时，也发出了最真实严谨的声音，他们善意客观地分析评点。相比赞扬，我更喜欢那样的声音。《纸人》是我的作品里影响最广泛持久的一部，如今俨然成了我的代表作。这是先前没有想到的。我只是想，倘若没有梅老师那时的点拨和鼓励，我很可能在种种"不可"面前裹足不前，也就没有现在这个样子的《纸人》了。

……

关于老梅和我，还可以写上很多故事。注意，我开始称呼"老梅"了。因为和老梅相处时间越长，越发觉得他是特别容易亲近、特别好玩的。我们以"老梅"称呼他，就像称呼亲近的兄长。很多年很多年过去了，老梅的头发白了，可他孩童一样的笑容一点没有老，他骨子里的温情诗意一点没有老。他有时候也需要安慰。彼此安慰。

老梅是很愿意看着他的学生走在他喜欢的路上的。我知道他喜欢的路是什么样的，那也正是我想走的路。他曾引领我敲开通往那条路的门，而我，会沿着那条路，好好地走下去，不改初心。

● 表达空白

　　她不是我的情人，我却写了一本关于她的书。我在里面向她倾诉，在很长的时间里，抱着那本书入睡。在那些梦想和困顿纠缠的岁月里，它是一束温暖柔和的微光，照亮和安抚女孩惶乱的心。我是它唯一的读者。

　　她是我初中时代的老师。那时，她教邻班的语文，总是很早到学校。而我在那个年龄里，心里含羞着，常常要自觉或不自觉地掩饰和包裹自己，于是，走路也是低着头。那个早晨，我正在校园里走着，从低着的眼睑下，看见一双黑布鞋，白的边，秀气的圆口，横搭襻，衬着白棉袜。那双脚很快地超过我，带过一阵风。我抬头，就看见了一个修长的背影，顺在耳后的短发，藏青色的手织毛衣，提着一个手袋。我站在后面看着她，莫名地就生出了一股亲近。

　　第二个学期，她成了我的班主任。早晨，她静静地站在窗外，温和地看着教室里闹成一团的孩子，不说一句斥责的话。里面的见着她，自然会慢慢安静下来，乖乖地掏出书本来看。

她喜欢女孩子，尤其是那些安静的女孩子。和你说话的时候，轻轻地揉揉你的肩，扯一扯你翘起来的领子和衣角。她大概也觉出了我对她的喜欢，上课的时候，目光总要落到我的身上，别人答不出来，她就说："你说说看，好吗？"

我坐在下面看着她，在那个背阴的却流淌着暖烘烘的身体气息的教室里，她是冬天里的暖阳。那个年龄里，渴望着身体的拥抱，渴望着母爱和热切的爱的表达，还有另一颗包容自己的心。我遇到了她，并且产生了一种特别的情感。我不知道别的女孩会不会有类似的经验，它没有异性之爱浓厚和痛楚，却更圣洁真纯，就像拳击手爱蝴蝶，歌唱家爱沉默，我对她的爱，犹如闪电爱宁静纯净的屋顶，蒲公英爱温厚广袤的大地。

在爱的浸润里，枯涩的生活会变得光艳照人。那样的爱，竟是可以支撑起一个女孩整个的希望的，像一束光，将我从逼仄处引领向开阔地。

在她的目光润泽下，我发现自己可以更加的好。那种好，是她喜欢的。我愿意做她喜欢的事。就像婴儿为了拥有母亲的怀抱，努力显出娇弱和乖巧，而我却在一个属于少女的梦中，渐渐接近那个虚化的美好境界。

短短的那两年，是我迄今为止的生命中最最充实最最艳阳朗照的日子。在我的意识里，她已经不是一个存在的她，更多的时候，她成了一种女性的象征，我从她身上，渴望和揣摩着自己的未来。

　　上了高中，我和她还是在一个学校，只是不再能常常见到她。繁重的学业扭曲的生活并不让我喜欢，也没有人代替她成为我眼里的亮点。我只能在经过她的办公室的时候，搜寻她的影子，很多次，都是失望的。于是，便在每个做完功课的深夜，从抽屉的深处，掏出那个包好了封皮的本子，写下一些秘密的话。那些话是对她说的，她却永远都不会看到。每天都写，几行，或是几段。写着写着，我会看见她远远地站在空阔的走道尽头，看着我，眼睛里永远有一种欣赏和温情，母性的，含蓄的，沉默的。那些来自心灵深处的目光和夜里橘色的灯光糅合在一起，撑起一把暖色的伞，把夜的寒气挡在外面。这件事，我一直做了三年。到了后来，它慢慢变成了一本薄薄的书。

　　我只去看过她两次。一次，是高一那年的春节，和初中的同学一起去的。走的时候，她特意拉住我，摩挲着我的背，说："一定要常来啊。"这话像是对所有人说的，又像对我一个人说的。我点头，又害羞地低下头去。还有一次，就是上大学之前，和母亲一起去的。是去向她告别。她送我一只绒毛小狗，躺在编得很精致的竹篮里。去上海念大学，它是我带走的唯一的玩具，我把它挂在我的蚊帐里，而那本关于她的书，也一直藏在我的箱子里。十年过去了，装小狗的竹篮早已破损，小狗依然完好地被我收藏着。

大一那年，发生了很多事。有一件，就是关于她患绝症的消息，据说已经是晚期。寒假回去，她刚刚动完手术。我去看她，大衣里，藏着那本关于她的书。听说她得病，我第一个想到的，就是把那本书拿给她看，我想让她知道，又羞于让她知道。我怕，她会永远失去看到它的机会。

她仿佛一夜之间憔悴了，倚在床头，像一片失了绿意的叶子。脸刀削一般地瘦下去，只有眼睛没有变，依然是鹿一样温和善良的目光。她没有谈她的病，我更不敢提，手在口袋里摸索，触到那个光滑的封面，却始终没有把它拿出来的勇气。它好像一块冰，在应该拥有的人面前，它会忽然被热力融化。它太丑陋和浅薄，我惧怕它的丑陋和浅薄会玷污那份永远都无法表达的深情。

我终于没有让她看到它。走到冬天的太阳下，我把它从口袋里掏出来，那上面浅浅地印着我的手印，带了一层细汗。

后来，她竟奇迹般地熬过来了。我听说她能下床走动了，听说她走出去锻炼了，也听说她在深夜里绝望地哭泣，还听说她再也没有胖起来，瘦得要被风吹倒。

我给她写信，说一些身边的事，却绝口不提她曾经对于我的意义，还有那本秘密地写给她的书。她有时候回信，有时候不回。每次放假，我都要去看她。她重新有了笑，她说她在好起来，重新上课了，只是课时很少。我在她的相册里看到我送给她的照片，放在醒目的位置。我们开始聊一些属于大人的话题，我长大了，她却老了。

转眼十年过去了，她依然活着，早已超越了常识上癌症患者的存活期。我不再担心她的健康问题，相信她会像她那个年龄的人一样，好好地活下去，到老。去年冬天，她告诉我，她很快就会举家迁回上海，她的大女儿在上海工作，小女儿也去了新加坡，她要回来住了。我很高兴，说："以后我可以常去看你了。"

春节之前，我去了她在上海的新家。我们坐在窗口说话，暖冬的太阳很舒服，是我记忆里熟悉的冬天的阳光。那个情景，让我想起上学的时候，坐在暖洋洋的教室里听她讲课的情形，也是这样黄黄的光线，空气里有微尘飞舞，心里很暖，有被拥抱着的感觉。

走的时候，她轻轻揽着我的肩，执意把我送到车站。我的肩上，停留着她的温度，依然是少女时候的记忆，那时，我是那样地渴望她的温度，而现在，也许到了应该我给她温度的时候了。我也轻轻挽了她的手臂，我感觉到她厚衣服里的手臂是那样的瘦弱。

此后很久都没有她的消息，是我太忙了，忙到疏于问候其实一直是在想念着的人。当我想起去看她，已经是半年以后的事了。可我，却永远找不到她了。

她去世的消息只有很少人知道。这是她的心愿。弥留的日子里，她瞒住了很多关心她的人。我知道的时候，她所有的气息早已在这个世界上消失殆尽了。那一刻，我没有哭，在以后的几天，却始终摆脱不了梦魇的感觉。许多许多复杂的情感糅杂在一起，让我无所适从。我只是清楚地知道，我永远地埋葬了让自己表达的机会，那本书，那本关于她的书，从此失去了它一直期待的读者。而现在的我，是再也不可能那样虔诚地去爱一个长者了，更不可能有一个人像她那样长久地照耀我。

我埋藏了那本书，也埋藏了长大的自己。

● “金”朋友

　　每一次离开，大 ET 都会留下一大堆别出心裁的礼物。从镶钻玛瑙吊坠到苗银项圈耳坠，从象牙首饰盒、沙画瓶到用自己的摄影作品制作的日历贺卡……它们可能来自土耳其、埃及、印度，抑或某个不太知名的小国。每一件，都让你不舍得转送与人，因为它似乎本就应该属于你，是属于你的那种气质和气味。

　　这只迷你手工瓷罐，我最后一个打开。

　　它那么小，可以稳稳地托在掌心，罐身上点缀着红蓝绿三色图案，打开，里面躺着一枚镶有袋鼠和女王图案的纪念金币，更有一张自制的迷你卡片，上面写着：

　　小 ET：

　　　　永远祝福你的“金”朋友！

大 ET

2012.3.24

看着这行字，我的眼睛潮湿了。因为惜别，也因为珍重。这个世界上，能成为"金"朋友的，能有几人？而我和年龄大我许多的大 ET 又是何时成为"金"朋友的呢？

大 ET 不是别人，是亲爱的阿桂桂，桂文亚。早先，她是遥远而陌生的桂文亚桂老师，后来成了我的文亚大朋友，再后来，她"进化"成了大 ET——有着大脑袋小身子的外星人。不过，这个绰号不是我起的，是她自曝的儿时绰号，而我么，也就成了小 ET——她笑话我的身体比例并不比她好到哪里去。

私下里，我俩都爱给自己也给别人起绰号。这使得我们的谈话有了某种重回童年的俏皮与默契。在我心里，大 ET 是一个奇妙的结合体——有着超凡脱俗犀利练达洞彻人世的高深智慧，同时她心里却一直住着一个调皮搞笑孤傲的小女孩阿桂桂。一般人只看到她的温雅细致书卷气，却很少有机会领略她可以"吓人一跳"的洞察力和永远甩不脱的孩子气。

在我的生活里，从没有这样一个朋友，可以如此教我尊敬，又可以如此亲近平等。很少有人会像她那样，总是怀着珍惜的心情对待每一个朋友每一次相聚；更少有人可以像她那样，举重若轻地看淡人生的失去与得到，而她对美好生活的热情也从没有因为年岁渐长而消减一分。

1998 年深秋，第一次去台湾旅行。那时候，大 ET 还是陌生的桂老师。她特意从新店赶到市中心的诚品书店来看我，只为请我这个只有一面之缘的小丫头喝一杯咖啡。她带我去她工作的《民生报》参观，又去她家小坐。两栋温馨的小楼，其中的一栋老楼，是她从小长大的地方。这是一个无法不让人心生"欢喜"的家，不是因为奢华，而是因为每一处用心的细节。这些细节里，有女主人云游世界的屐痕，有来自亲情与友情的馈赠，更有她职业生涯里积累下来的纪念（手稿或通信）……这些物件无声静默却蕴含了岁月、情感和生命。真的，我还没有见过像她那样善待和珍藏过往的人。

　　而如此重情的人，却又是洒脱的。她的洒脱来自于对人生和生命的彻悟。很多年以后，那时候，桂老师已经成了文亚大朋友。我们坐在某个古镇的茶楼里，面对着一条了无风致的小河品茗叙聊。我们聊了文学之外的很多话题，及至一些当时深深困惑我的人生难题。她三言两语便让我柳暗花明。无论多么沉重的问题，到了她那里，似乎都能变轻变淡。而她自己，何尝不是举重若轻地看清了很多人生的真相呢？我时常揣测，大 ET 的这些优良质素固然得益于她天赋颖悟，与她后天渐渐习得的不疾不徐超拔淡定的人生态度也不无关系。

　　儿童文学作家是生就的，不是造就的。最优秀的儿童文学作

家应该是这样的人：洞彻世事，却心怀纯真。

其实，若要读懂大 ET 的人，读她的文字便可了然。作家有两种：一种文如其人，作家的为人性格和他的文风高度一致；另一种，他笔下的文字追求很可能是生活中的他所不具备的，换言之，作家是在文学创作中获得某种心理补偿。大 ET 自然属于前一种。读她的散文，你会很轻易地梳理清楚她的成长脉络，她的心性脾气，她的爱憎好恶，她的小聪明小胡闹，还有不经意为之的微言大义。她的散文，是真正的儿童本位的散文。读着读着，你会恍惚，写作这些灵性四溢的文字的，不是成年后的桂文亚，而是住在她身子里的永远长不大的小女孩阿桂桂。这个阿桂桂，有着长袜子皮皮那样的古灵精怪，也有着爱丽丝那样的好奇多思。这样的散文怎不叫人亲近？

文亚的散文最大的特点，是她写作时的那份"真"。她"真"，因此她不矫情，不避讳写童年时难以启齿的"丑事"和人性的"晦暗"：偷改考卷的分数，偷吃零嘴，种种恶作剧，甚至，她也写父母亲早年的离异，写最爱的婆离世后内心的忏悔，并用戏谑的口吻自嘲《刀疤老桂》。

尤爱《婆，四月的青草绿了》。她写最爱她的婆生命里最后的日子，本是婆最爱的小孩，受到过婆最多的宠爱，偏偏，被婆的病相吓坏了。"可我是一个多么糟糕糟糕透了的孩子。婆病着的时候，我最怕她喉咙里发出的怪声，那声音让我一次又一次地躲进厕所呕吐。我讨厌病房里浓烈的气味儿，那是没有一点希望的地方，死寂沉闷的一切又一切。我尽可能走避，好像只要不看见婆，就自由了，就轻松了，就可以永远快乐了。"对死亡和病的惧怕，是小孩的本能。可是，一边惧怕一边逃着，一边在心里纠结挣扎。直到婆去到另一个世界，便好多次梦见婆，婆的提篮里装满了零嘴儿，婆给她唱"四月的青草绿了"。这一头，小小的心在忏悔，梦境的那一头，婆却只是悠悠地笑，"轻轻摸摸我的头"。这种不经矫饰，透露着童年本真的坦诚，有着令心弦颤抖的魅力。

我也喜欢她清浅文字里的妙趣和诗意，她用的是和孩子平等的口气，没有居高临下的样子，写的是童年的日常，但她从过去的岁月里挖掘出的纯洁、美好、善良与自由却深深俘获了小读者的心。我读她的文章，时不时地被逗笑，机灵与幽默在她的文字里俯拾即是。

喜欢那篇《直到永远》，写她童年的"情感史"。第一个喜欢的男生，是小字帖。而决定不再喜欢他的缘由，只是因为"小字帖"被"造反派"追赶时，"变成一条尾巴夹着火的小辣椒"，更加糟糕的是，"一个勇敢的小男孩不应该坐在泥巴地上像个三岁娃娃胡乱踢踢动双脚，嘴巴张得无底洞那样大"。五年级时喜欢"除暴安良"的男孩周君，周君与她合力给欺负人的李金龙浇下一桶凉水，换来老师气急败坏的"鞭刑"，藤条在两人手心左右各五下，"紫红的鞭痕立刻变成凸出交错的铁轨，载着一列热辣辣的火车向前冲"。因为调皮，当着全班尤其是喜欢的男生周君的面挨老师打，"我的呼吸严重失调"，眼泪蹦出来，掉进地面的小凹洞里。于是，"我开始虐待我的眼睛"，对准小凹洞，恨不得所有的眼泪都掉进去，淹死路过的虫子。但这个秘密被周君看穿，在"我"眼里，周君"无声的笑意里有着一股淡淡的青草味"，他那双眼睛也变得"有意味"。除了讲故事，还有送礼物，见证小孩子友情的方式无外乎这些，而最终，因为毕业，因为迁移，总要面临分别。"直到永远"的许诺成为了记忆里的美好。

这样的文字和故事，小孩子怎能不喜欢？文亚的散文是有翅膀的。这翅膀便是妙趣和诗意，它们让文亚的散文飞了起来。儿童天生爱情趣，那情趣不仅来自故事，也来自语言的鲜活。

文亚的散文不仅会飞，也是有颜色、有声音的。

我一直觉得，儿童文学作家和画家很接近。儿童文学作家是用发现的眼睛去描绘与孩子有关的生活，用具象新鲜的比喻带孩子走进自然。给孩子看的散文，必须是有鲜明色调的，作家可以像画家那样工作，甚至可以向画家学习直接认识周围事物的方法。文亚不仅是作家，也是一个摄影家、旅行家，她对美和艺术有着独特的感悟。从她的散文里，会收获一种奇妙的感觉——她时常用初次的眼光准确地观察和记忆，然后充满新鲜感地用文字去表现。她和孩子一样天真，会带着强烈的兴致去描写生活发现自然。

　　她写"你听过蒲公英梳头的声音吗？""听到八十只蚂蚁小跑步的声音吗？""你总听过动物的声音吧？当小狗忙着啃骨头，小金鱼用尾巴拨水，金丝雀在窗沿唱歌……"（《你一定会听见的》）她追问春天的颜色、声音和模样，是"没有颜色的颜色，也是所有颜色的颜色"，"是我唱歌的声音，哈哈大笑的声音，哇哇大哭的声音"，什么模样呢？"长着雀斑的？走路 S 型的？嘴唇儿软糖似的……"（《春天，你听我说》）

　　她用孩子的眼睛去看，用孩子的耳朵去听，用孩子的心去感受。她的语词里，飘满了植物的芬芳，洋溢着小孩子初识世界的好奇和欢欣。

　　但是，用儿童的眼睛去发现，不等于俯下身子低就孩子。文亚的散文里，更有一种亲和与智慧。这是一种写作的姿态，也是对题材的取舍。我想，她一定认为小孩子和自己是平等的，她觉得有许多问题是可以和孩子们探讨的，除了日常生活的故事，还可以用他们能够理解和接受的方式，谈谈人生、爱情、死亡、失去、背叛、孤独等等所谓深层次的话题，这里面有些是他们经历过的，有些没有，却是他们将来的人生必经的。文亚在用自己大半生的经历讲述，举重若轻地讲述，从容而俏皮地讲述。她讲述的方式，让那些原本沉重的话题轻灵起来，好玩起来。本来嘛，儿童文学是一定要好玩的。

　　我小时候，曾经不爱读散文。因为觉得这种文体缺少吸引人的故事，没有趣。只可惜，那时候的我没有读到文亚的散文。现在，我读到了，但我早已不是一个小孩子。不过，我还是要谢谢亲爱的大 ET：你总是能让我变回小孩子，同时又可以像你一样，始终怀着喜悦之心拥抱生活和世界。

喜欢那样的意境：晕黄的夕阳悬在空中，风悄然流动，湖上水波轻漾，空气中有水汽蒸腾，青草在湿润的怀抱中。这是一种和谐静止的美。

Chapter 3

第三章

让人生淡而有味

还没有到适合人生回首过往的年龄，做这个题目实在有些勉为其难。在此之前，我还没有好好地回顾过自己不长的人生，只觉不如意事常有，许多愿望还悬在空中，许多时光在碌碌中被糊里糊涂地打发，未来似乎也很模糊。

　　而此刻若要来盘点人生财富，就如同生命的潮水寸寸褪去的岁月，总想问潮水口只留住那些珍宝。时光的沉淀——它们总是让人记忆深刻，意义非比寻常。我想起今夏去三亚的玉龙湾海滩，在烈日下捡捡贝壳，当时捡起的每一枚贝壳都能让自己欣喜一番，但是那些不起眼

我的财富 ●

　　还没有到总结人生回首过往的年龄，做这个题目实在是有些勉为其难。在此之前，我还没有好好估价过自己不长的人生，只觉不如意事常有，许多愿望还悬在空中，许多时光在踌躇中被糊涂地打发，未来似乎轮廓模糊。

　　而此刻却要俯拾人生财富，犹如用生命的滤纸过滤逝去的岁月，思想的滤纸只留住那些熠熠闪光的结晶——它们总是让人记忆深刻，意义非比寻常。我想起今夏去三亚的亚龙湾海滩，在烈日下捡拾贝壳。当时捡起的每一枚贝壳都能让自己欣喜一番，但最后经得起挑选，值得带回去的却只有那么零星几枚。称得上财富的也是如此吧。

　　我不是生命的富翁，但记忆的果篮里或许还藏有那么几枚甘甜的果子，让我将它们一一尝过——

　　我不是一个善于散布动感和热情的人，但我却有感受爱的敏感触角。家人的爱、师长的爱、朋友的爱，踩着爱的花丛一路走来，爱的花露会让你的心湿润和柔软。我从来不相信有谁真的对你恶意相向，假如他有负疚于你的行为，那是因为他缺失了明辨自我的能力，对人有恶意的人同时也丧失了自己的快乐；我相信爱是双向的润滑剂，能感受爱的人才会施爱，是付出也是得到。假如你能预见未来，预先展读生命的完结篇，会希望看到怎样的自己？难道不希望好好去爱你生命中的每一个人吗？在对人生和周围的人偶有抱怨时，我都会想起小时候母亲说过的话：宽恕别人，就是宽恕你自己。

我不会张扬自己的快乐，却是一个本质上乐观的人。偶尔会怀疑自己的能力，疑惑未来的路该如何迈步，但沮丧只是暂时的。我从来不会怀揣心事彻夜难眠，哪怕是遭遇了情感的重创，哪怕真的有了绝望的悲恸，心也不会彻底死去。嘴上不说，潜意识里

却在期待着重生。我这样的人，永远都不可能选择自绝的命运，只要活着，路总在前头。

我是个异常珍惜记忆的人，疲惫或者失意的时候，会将它们搜拣出来细细品味。有人说怀旧的人难以前行，但是厚积才能薄发。走了长路口渴的人找不到新的泉眼，那些过去了的温馨就成了润唇的水。怀旧的人一定不会焦躁，一定重情重义，一定会把一天当作一生来度过。所以尽管年轻，但我不另类也不先锋。走在自己选择的路上，心平如水。

我崇尚和谐。喜欢那样的意境：晕黄的夕阳悬在空中，风悄然流动，湖上水波轻漾，空气中有水汽蒸腾，青草在湿润的怀抱中。这是一种和谐静止的美。任何一种张狂、任何一种偏执、任何一种躁动，犹如狂风过野，留下的是一片衰草。和谐能把美推到极致，和谐孕育的生命才是一尾自如游弋的鱼。我希望做一尾那样的鱼。

……

我不知道这些在别人眼里是否称得上财富，还是被视若敝屣。
而想到这里，我却忽然有了一种释然，有了继续往前走的信心。

典当思想

有一个故事。

一个年轻漂亮的女孩两手空空地来到当铺。老板问她："你要当什么？"女孩回答说："我要当掉我的思想。"老板很疑惑："思想怎么可以典当呢？"女孩说："我很穷，我想把思想当掉，然后轻轻松松去追求本该属于自己的荣华富贵。"

……

许多年以后，年轻女孩成了白发苍苍的老妇，她终于实现了她的"荣华梦"。她想到了几十年前当掉的思想，于是又回到当铺，要求赎回自己的思想。她感叹道："我花了一生的时间才明白，人最不能丢失的是什么……"

她能否如愿，在这个故事里也许并不重要。只是想，倘若当年她没有出卖思想换来轻松荣华，若干年后，当她垂垂老矣，却依然贫穷，在怨艾凄闷中苦度一生时，是否还能发出"人最不能丢失"之类的感喟？

所以，我反倒庆幸她当年典当掉了思想，花了整整一生方能获得的领悟往往在最后显出它无法计量的财富的价值来。对她来说，这一领悟是她人生的奢侈品。

有时候，思想是人生的负累，尤其对女孩。

有一个饱读诗书的男孩对他的女友说："我一直期望找到一个能与我平等对话的女孩，可我明白，那个与我平视的女孩内心一定更期望一个能令她仰止的对象。"于是，他们便掉入了怪圈：男孩找到了他的所爱，而那个女孩的所爱在哪里呢？其实，所有无法免俗的人一辈子都逃不出这个怪圈。

更多的时候，思想，不是女孩头上的光环，而是她们融入俗常人生的羁绊。可惜的是，她们中的大多数人还渴盼着小鸟依人的生活，风雨来临时，身边能有可以倚靠的宽厚的肩。怀着平常梦的思想女孩，却无法让自己的生活得到平常的满足。思想，不是女孩颈上的挂饰，而是一面照出美玉之瑕的明镜；思想，不是鼓

舞追求者冲锋陷阵的号角，而是让不自信的男子退避的壁垒。思想女孩虽然站得高，却没有获得相应宽阔的搜索视野，所谓高处不胜寒，令她们仰慕的男子早已有了归属，而被人仰慕又岂是一个真女子的追求？

身陷怪圈的思想女孩呀。

于是，倒不如把思想典当了去，犹如卸除了前行的负累，换得一生轻松。

典当了思想，如同给眼前万物笼上了一层纱幔，朦胧即美。

做一个真正的小女子，沉浸在脂粉时装带来的片刻喜悦，陶醉于时尚生活的每一个细枝末节，在娇羞嗔笑中传达女子水样的柔情，在被包裹被呵护的感觉里享受温馨的满足。

宁愿要一座楼一件玉衣，即便那是空中楼宇，也不要纠缠于什么自我价值的实现什么女子独立；宁愿做一个没有主见的他人

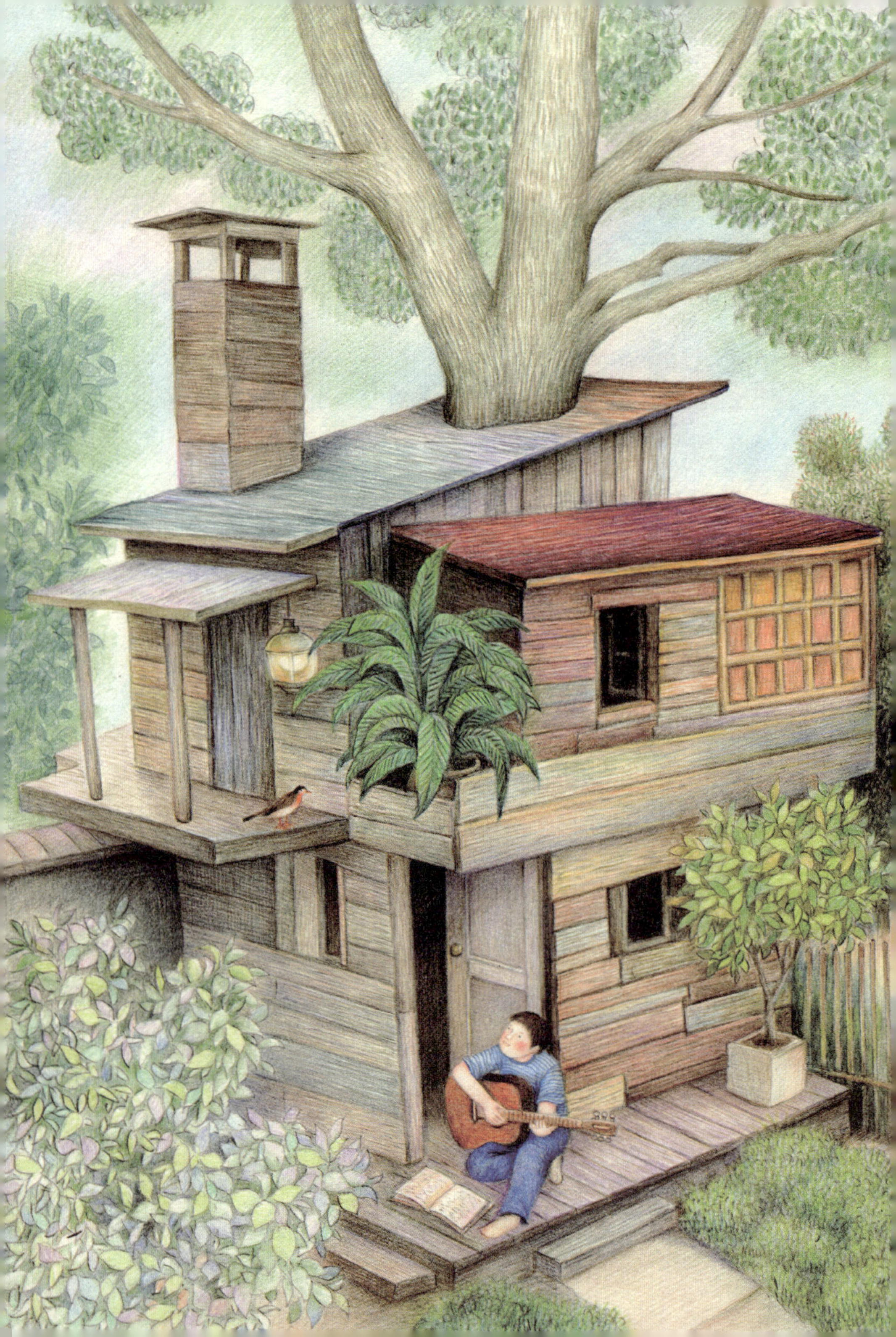

的复制品，也不要在静夜里与西蒙·波伏娃与夏洛蒂·勃朗特费劲地对话；宁愿仰望依赖一个能给自己物质满足的平庸的男人，也不要奢望有谁能给你心灵的安慰又能完全属于你。

　　将思想典当，回到那个单纯无知的小女孩时代，然后，懵懂地走入每个寻常人应该有的寻常生活。像故事里的那个女孩一样，实现每个女人心底最本真的欲望，为人妻，为人母，运气好的，可以轻松地享受富贵荣华。当人生即将走尽，回望来路，那一声发自内心的感怀虽夹带了隐隐的惆怅和沉重，但她大半人生毕竟已在满足和迟钝中淡忘了当年的典当。

　　思想女孩们悲叹着说，可嫁的好男人已经绝迹。

　　我说，适者生存，要么典当了你的思想做个寻常女子；要么，放弃俗世理想，在你自己的理想国中孤独地徜徉。只是，两个选择都很残酷。

关于 "死之平等"

　　16 世纪的德国画家小汉斯·霍尔拜因作过一幅阴郁而滑稽的版画，题为《死神的幻影》。画面上，广袤的田野伸展至远方，太阳沉落到山丘后面。临近一天的尾声了。画面上，衣衫褴褛的农夫年老却粗壮，他赶着四匹套在一起的瘦骨嶙峋的马儿，犁刀铲进坚硬的土里。在这幅凝重的劳动场面中，只有一个人是轻松愉快、步履轻捷的，这就是手执鞭子的骷髅，他催打着惊骇的马儿，沿着犁沟欢快地奔跑。他是死神。

　　而在另一幅画里，可怜的乞丐躺在财主门口的粪堆上，他浑身生疮，连狗都来舔他身上的疮。但他却声称他不怕死神，因为他一无所有，所以一无所失。而且，他虽然活着，实际已提前死去。

　　其实，不单在绘画中，纵观各种艺术形式，我们会发现，长期以来，艺术家们借助死神来表达对现实的无奈、反抗和诅咒。富人害怕死亡，穷人不怕死亡。人们往往乞灵于死，来作为对不义的惩罚和对痛苦的补偿，正如很多人聊以自慰的一句话：死亡面前，人人平等。仿佛只有藉此安慰，境遇窘困者尚可苦捱度日。

但是，还有一个似乎与此相悖的经典故事。

古时候，在巴格达住着一主一仆。有一天早晨，仆人到集市上去，看到一个穿着白袍子的人，那人撩开头巾，对着仆人诡异一笑。仆人大吃一惊，此人不是别人，正是死神。仆人失魂落魄地跑回家，对主人说："我今天在集市上遇到了死神！麻烦你把好马借我用用，我要逃离巴格达，躲到大马士革去。"主人二话没说，就把马给了他。仆人骑上骏马，风驰电掣般逃往大马士革。因为这是一匹宝马良驹，估计当天晚上他就能赶到目的地。

到了下午，主人到了集市上，看到了穿白袍的死神。一般来说有身份的人是不怕死神的，所以，主人走到死神跟前，问："你今天早晨为什么吓唬我的仆人？"死神说："没有啊！早晨我看到你的仆人，只是感到惊讶，怎么在这儿遇到他！本来我是想今晚在大马士革跟他见面啊！"

这个吊诡的故事，强调了死的无可逃脱。既然无可逃脱，是否就应该坐以待毙？回答是否定的。事实是，只有死者一无所求，而生者营营不休。但无论如何，死神总是人生舞台外唯一一个耐心的沉默的观者。他遥遥地站在人生尽头，等待着给芸芸众生一个别无二致的结尾。

可是，尽管死神咬牙切齿、形容可怖地预示着每个人的归宿，但或许因其未可知，或者遥远且无法触摸，他并不能使恶人改邪归正，更不能使受苦受难的人得到真正的安慰。因此，对于活着的人来说，与其将"死之平等"视为人生终极的安慰，不如在生命进行的过程中，就能充分享受活着的美感。

谁说窘困和贫苦之人就没有快乐呢？人人都可以获得不同形式的幸福。

农民尽享天地自然给予的五谷丰登的幸福，他们在播种时，便知道自己在为生的事业而劳动；为谋生奔忙的人，他们在工作时，便知道自己是在为全家的安乐而辛苦付出。母亲等待着孩子的一个吻；恋人等待着对方一个温暖的拥抱；行人感受到春天第一场雨的清新；一双敏锐的眼睛发现行道树上爆出了嫩芽；辘辘饥肠最能体会饱食一顿的畅快；离家的人享受着返乡时的喜悦与激动；清贫的家庭为每一分钱的积累而心生满足……富人对幸福的敏感程度往往比穷人来得低，他们在什么都得到以后，却丧失掉了渴望与追求理想的快乐。

与其说"死之平等",莫如更相信"生之平等"。毕竟死后的世界,谁都无法料知,只有活着时的幸福感才是可以掌控的。

为什么随着年龄的增长时间过得越来越快

　　这么长的句子本不适合作为文章的题目。但是，一年将尽，类似的感慨听得越来越多，好像长长地吁出一口气，其中掺杂着小小的遗憾、无奈、困惑，还有伤感。

　　站在岁尾，人在时间交替的转折点上更易生感慨，更易驻足作一番回顾和展望。生命似乎又在不经意间被截短了，剩下的时光注定会越过越快。

　　"为什么随着年龄的增长时间会过得越来越快"，这已经是一个不是问题的问题。人们都说，最漫长的是孩提时代，那时的时间仿佛被无限拉长，每一个日子都饱满新鲜得要滴下汁水，前面有未知的关于将来的憧憬照着。可是，越往后走，岁月却日显干瘪，光阴如白驹过隙，生命的长卷刚刚展开，却面临收起的危险。这一切又因为什么？

　　有一位荷兰的心理学家，叫作杜威·德拉埃斯马的，对此作出解释。他说，如果把时间比作一条河流，生命就好比河岸上的一个人，开始的时候，是顺着河水流动的方向慢慢地跑着，在他眼里，河水在缓慢流淌；当他跑累了，便放慢了脚步，沿河而行，此时他会感觉水流的速度加快了；当他耗尽最后一丝气力，只能在河岸上静静地躺下去……而河水依然以它永恒不变的速度继续向前。

原来，时间之河的流速并没有改变，改变的是我们内在的世界和看这个世界的目光。幸好，当时间剥夺着生命的朝气和活力的同时，还遗留下了很多东西：经验、财富、成功，如果没有成功，时间在有一点上是异常公平的，那就是留给了每个人只属于自己的记忆。

当青春不再，尘封已久的往事会如壁炉里毕剥作响的火焰，温暖每个人生命的深秋和寒冬。

是的，好在，我们还有记忆。

就像杜拉斯。"战后多少个岁月过去了，从前的那个白人姑娘几经结婚、生育、结婚、写书。一天，那位昔日的中国情人带着妻子来到巴黎。他给她挂了个电话。是我。一听到这声音，她便立刻认出他来。""然后他对她说出心里话，他说他和从前一样，仍然爱着她，说他永远无法扯断对她的爱，他将至死爱着她。"1984年，杜拉斯在她曾经的中国情人去世12年以后，写下了小说《情人》。在回忆之中，过去了的一切重新苏醒。它是一种存在，一种距离，更是一种绝望。

当时间之河以永恒的速度向前流淌，我们挽留它的脚步的方式只有一种——打开记忆之门，让回忆重新降临——那样，我们可以逆时间之流而上，重新浏览逝去的生命长卷。

执 著

　　她的家住得很远，在这个城市的最东面，每天上班往返除了乘车，还要坐船。所以，平常她总是懒得出行，日出而作日落而息，渐渐地，就和那些生活庸常的中年人几乎没有二致了。只是，她还很年轻。

　　这个下午，太阳在歇了一个雨季后露出头来，她被阳光的温情感染着，在那条雅致的商业街上整整逛了两个钟头，腿脚疲累的时候，她欣喜地看到了那个车站。车站上矗着五六个站牌，其中有一辆车竟直接开到她的家门口，可以省去几趟转车的周折，她的心里一阵狂喜，就像懒惰的小学生被免去了功课一样。于是，她一心一意地等待那辆车的出现。

　　10 分钟过去了，那辆车没有来。她隐约知道这班车的间隔时间很长，说不定马上就会来了，她安慰自己。于是，她让自己更加耐心地等待。

30分钟过去了，她翘首向远处张望，依然不见车的踪影。这时候，天气忽然转了面孔，飘起了细柔的雨丝，她有些不耐烦了。车子一辆一辆络绎不绝地驶入站台，身边候车的人一批又一批地更换，只有她，是唯一的在站台上徘徊而不上车的人。商店里的营业员已经狐疑地瞧着她了，这样的目光让她很不自在，甚至有些委屈，其实，那些车她都是可以搭乘的，只是下了车，还得转两三趟车才能到家，她一想到其中的周折，就有点气馁。再说，已经等了这么久了，一旦上了别的车，那辆要等的车就来了，岂不懊恼？

她依然等。她知道自己是一个执著的人，每每因此自赏，她总是将这一品格体现在小事上，比如现在。只是渐渐地，目睹着腕上的手表时针与分针的更迭，感觉膝盖和踝骨里面隐隐地酸疼，她的心纷乱起来。所有的车都停靠过，并且义无反顾地离站而去，那离去的声音犹如一声嘶哑的叹息，将她孤零零地抛在后面。

一个小时以后，昏暗的傍晚的脸垂下来，那辆车始终没有来。她方才意识到，或许那辆车出了意外，或许它根本不会来，或许在若干时间后它会出现，但是，无论如何，她是等不及了。当一辆湖绿色的车驶过来的时候，她跳了上去，这趟车早已来过，早知如此，一个小时前她就该上了这趟车的。她丧气地想。

有的时候，执著并非一件好事，为了达到目标，我们通常抱着捷径不放，机会却在冥冥中穿窗而去。毕竟，并不是只有一辆车可以搭乘的，路途上可以迟到一个小时，人生中耽误的又岂止一个小时？

● 心不会疼的人

有一个公交车司机竟被整个车厢的乘客奚落，车到终点时，所有的人都拥到驾驶室边上指责他。这个司机为了多拉乘客，半小时的车程却磨蹭了一个小时，一路上，不断地有人和颜悦色提醒他，或者嘀咕着发牢骚，更多的人忍耐着。司机充耳不闻，依旧在通畅的路上将车开得像蚁爬，急着准点上班的人忍无可忍，车一到站群起攻之。一个衣冠楚楚的男人抛下一句话："明天干脆别开车了，捧着个饭碗一路讨过来吧！"似乎没有比这更有损人格的话了，不想司机依然是面不改色的样子，抬起下巴回敬道："有本事别乘啊！"或许他是听惯了这一类的话，因为他的尊严早已丢失。

平日里，最看不惯年幼的乞丐，更痛恨他们幕后操纵的大人。看着那些原本纯真的眼睛里闪动着虚伪狡黠的浊流，他们用肮脏的小手拉你的车门拽你的衣角挡住你的去路，目光闪烁着察言观色，如果你没有丢给他一个铜板，他便朝你吐舌头扮鬼脸，甚至你还会不经意地发现裤腿上沾了一小点滑腻腻的鼻涕。碰到这样幼小的乞丐，我总会莫名地心疼和担忧，实在想不出他们未必贫穷的大人怎忍心让无瑕的孩子干这些丢失自尊的勾当，更无法想像一个从小学会世故丧失天真的人，长大了靠什么苟且他的人生？

在地铁车站，在繁华的街角，乞丐几乎随处可见，他们有的年迈，有的惨不忍睹地暴露伤残的肢体，也许你的心会在那一刻猛地收紧，但是另一个声音告诉你：或许这些乞丐的收入比你还高。于是你熟视无睹地走过去，把他们当作凝固的雕塑。是的，我们似乎麻木了同情。只有一个地方例外，每到初一或十五，寺庙附近，乞丐和香客一样众多，那些虔诚的佛教徒用施舍获得心安，他们是少数心还没有麻木的人。

每逢陪年逾八旬的外祖母外出，如果不打的，便常常走很远的路绕到公交车的起点站，为的是排上一个座位。倘若中途上车，极少遇到有人会给在车厢里站立不稳的老人让座。

据说北京年初破获了一起迁延 13 年之久的"割脸案"，罪犯先后破了 100 多个女子的相。罪犯交代之所以对年轻美貌的女子怀恨在心，是因为有一年他陪母亲去香山，他给母亲抢的座位被一漂亮女人给占了。母亲一路站着，回来后便因劳累旧病复发而亡。他因此仇恨所有的美丽女性。这是个有心理问题的罪犯，但那个抢占座位的女子你能说她"无罪"吗？

我们总是强调社会的痼疾，渲染人生的苍茫底色。犯罪的人固然是渣滓，但更多的人却在不知不觉中丢失一些东西并且麻木着一些感觉。当心灵疼痛时不知疼痛，当灵魂失血时不知失血，生命便在这不痛不痒中遽然长逝。这又是多么危险和可怕。

心疼是一种珍贵的感觉，也许我们每个人都该保留这么一份感觉，从而也帮助我们避免不知不觉不痛不痒消失的厄运。

真实的朋友 ●

人们常说，人类最纯净的友情只存在于孩提时代，说的人都有些无奈和痛心。因为他们说，随着岁月流转，友情越来越依附于事功，越来越仰赖实用和交换原则。 这似乎很对。可惜的是，前提本身却错了。童年时代的友情亦是不稳固的，那时建立友情的基础是愉快的嬉戏，往往是两个孩子家住得相近，有了每天同路上学放学的机会，自然地成了朋友。这样的友情很容易被时空的差距击碎。而成年人在对人心不古的悲叹之余，靠着回忆追加给童年的东西就不太真实。

我们在一生的不同阶段会有不同的朋友，岁月在替你做着筛选和替补。也许其中有一些是真实的朋友，而有些或许是你的某种错觉，仅仅是错觉而已，这与欺骗和利用无关。比如你初来乍到，陌生的环境令你有些紧张和手足无措，这时候，有一张脸善意地对你微笑，热心地告诉你该去哪里打饭，这里有哪些不成文的规矩。你还偶然发现你们有着相似的审美品位。这一切，都让你对她顿生好感。你们约好在一起吃饭、逛街，有时也聊聊学校、公司里的琐事，这样你便没有了孤单的感觉。可是，慢慢地，你不经意地发现了你们之间的距离，起初的暖融融的感觉正缓缓淡去。这个变化非常微妙，连你都不清楚起于何时，而你们的疏远也是自自然然的。当有一天，你忽然意识到已经很久没有和她聊天的时候，你的心里甚至滑过一丝歉意，是你的心让你这样的，但你又无法违背自己的心。

其实，你是无需内疚的。当一个人内心不安全的时候，他所认可的友情往往是虚幻的，仅仅是寻找一个伴而已。就如列车上的旅伴，你们可以一路神聊，下了车往往就将对方撂在脑后。

倘若你陷入了一场难以自拔的情感纠葛，痛苦噬咬你，令你丧失睡眠和斗志。日复一日，你终于无法忍受，在某一个特定的场合和背景之下，向一个并非至交的人吐露你的难言之隐。这一定是发生在某种特殊的情境之下，你的防线彻底崩溃，向对方袒露你最脆弱的一面。令你欣慰的是，他给了你意想不到的理解，更不可思议的是，他有着与你类似的遭遇。顷刻间，你们便成了同病相怜惺惺相惜的患难之交。探讨各自的苦难，成为你们的主要话题。可是伤口总有愈合的一天，你慢慢地疗好了伤。当你们再一次坐到一起的时候，彼此都尴尬地发现，除了那个，你们再找不出其他的话题。这样的发现，令双方都倍感失落。

友情如果仅仅出于一时的需要，那也只能是短命的友情。或者说，它还不具备友情的真正意义。这样的朋友亦只是种错觉。

英国诗人赫巴德说：一个不是我们有所求的朋友，才是真正的朋友。但是彻底想来，要做到这点，是何其难。友情产生的本质便是因为孤独，我们常常陷入虚幻的友情旋涡，好在还有时间，它可是一面最清醒的镜子。

　　我们永远也不可能重返少年，无论那曾经是多事之秋还是绚烂时节。少年的记忆存在的意义，便是为了经历过的人永远记住它，为了慰藉真正波澜起伏的成年后的岁月。

Chapter 4

第四章

青春是一本仓促的书

村上春树的《青春心境的终止》，第一句话就是"青春终止了"。有点年人听闻的奇觉。"青春终止"如此硬切的说法，我好象不是头一回听说。至于村上列出的一些青春终止的基准，是否能让人引得己共鸣的。村上的老友晃司、姐妹儿等的人生可形象的青春终止的。而他自己的人生，已经不太可能有那么多名堂了——遇上女孩子、恋爱、做爱之类，即使有，可能也没有那样的心情和精力了。

　　村上自己，则是在30岁那年，视着痛苦的青春经像在某一刻损毁、消失，而直感到青春

茶杯里的风波

那时候，觉得所有人都和自己过不去，一点点小事就可演变成为很大的风波。

下过一场雨的午后，空气一点都没有变得清凉，反而愈加闷热了。父亲在拖地，水汽在屋子里蒸腾，湿漉漉的地突然变得面目可憎。我讨厌拖把从我椅子后面划过的声响，讨厌潮湿溽热的空气，讨厌脚下的水泥地经久不干。南方的空气总是湿润润的，尤其到了夏季，即便晚上，时常会睡出一身汗来。那时，没有空调，家里也没有铺木地板，为了消暑，便拉过一张席子躺在地上。身体凉了，心还

烦着。

　　还没有到暑假，天就这样热了。我还在念四年级，也许刚刚开始发育，四肢长得蓬蓬勃勃，头脑却变得不好使。坐在桌前做数学应用题，是我每天最痛苦的时刻。母亲教得急了，就说："怎么这么笨呀！"是的，我也怀疑自己的脑子出了问题。就好像一台正常运转的机器，某个部件出了问题，阻塞在那里了。偏偏又不甘心，越着急，就越对自己没信心。

　　这会儿，就被一道应用题难住了。我实在不明白算水库的排水量和我的未来有什么关系，好不容易排了算式，和答案一对，还是错。几乎要委屈得哭了。

　　这时候，父亲说，你去倒垃圾。

　　我说，我正忙着，不倒。

　　父亲说，就一会儿工夫，去倒。

　　我说，偏不倒。

　　父亲火了，音调也升得老高，说，我看你究竟倒不倒。有威胁的意思。

　　我知道，他总想培养我的劳动观念，

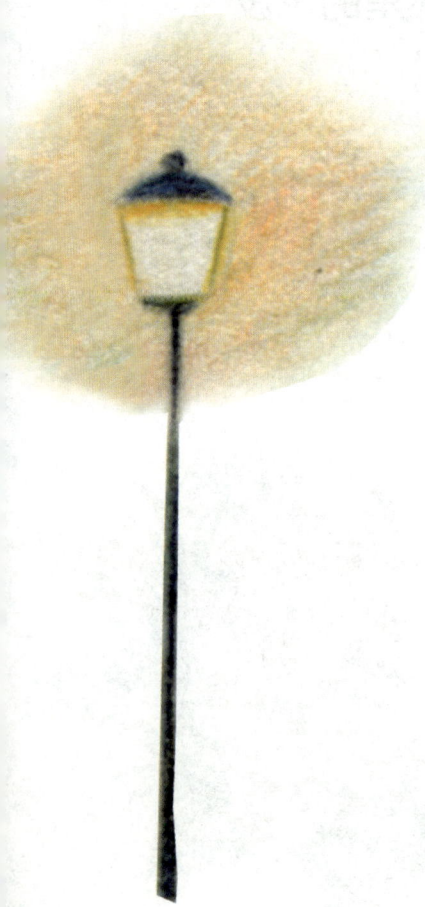

可我却认为他打搅了我的思路。我为什么一定要服从你呀，明明可以等我做完了再去倒么，为什么一定要现在去倒呀，别以为你是父亲就什么都要听你的。理由想了一千条，心里有一千个不情愿。

父亲最恨的就是我顶嘴，他几乎要火冒三丈了。我虽不敢再言语，心里却有千万个声音在说话，五脏六腑像是给烧着了。

结果是，父亲慢慢消了气，我噘着嘴去倒了垃圾。父亲也许很快忘了，我却忘不了，那些坏情绪还在我心里翻江倒海。

晚上，我在灯下苦思冥想。纱窗外有小虫在飞，奋力挣扎想飞到灯下扑火，最可怕的是一只银白色的胖飞蛾，挺着大肚，气势汹汹地拼命振翅。眼前的数学题是一座山，是一团乱麻，是所有坏心情的源头。

我干脆撂下题，摊开了日记簿。这篇日记就给父亲画像，所有能丑化他的句子都用上了。写在兴头上，一不小心，手表给碰到了地上，啪的一声，表面碎了。真是雪上加霜！

坏心情此刻已是排山倒海。看那心爱的手表，表面如蛛网般四分五裂，仿佛我破碎的心情。就在那一刻，我觉得世界上最倒霉最痛苦最蠢笨的人就是我了。谁都和

我过不去，哪怕是这块手表。

更倒霉的是，第二天，母亲就发现了我那篇丑化父亲的日记，声色俱厉地让我悔过。母亲说，你看看，你居然用这么不敬的口气，没大没小，一点点委屈都受不了啦？去，向你父亲道歉，再写一份检查。

人倒起霉来，真是挡也挡不住。在大人面前，我就是一株无所依傍的草，柔弱无骨，易摧易折。没有人能理解一个小孩心里的苦，在大人眼里，小孩心里的苦算什么呀。就像雨后积起的小小水沣，风吹即干，连一只昆虫也淹不死。

于是，我被迫撕了那页日记，还补写了一份检讨，算是彻头彻尾地痛悔了。但那别别扭扭的状况并没有好起来，大约持续了一年，直到身体发育得比较顺遂了，头脑才奇迹般地慢慢清醒起来。

想起来，感觉糟糕的不单是我自己。我的好友阿咏也一样。很多年过去，我还会跟她提起六年级时的"洋相"。说是"洋相"，在那时，所有人都觉得是桩严肃的事件。阿咏生性内向，不善言语，不讨班主任莫老师的喜欢。那回，莫老师当着全班的面批评了阿咏几句，在平时，阿咏一低头一脸红掉几滴泪也就没事了。那天不知怎的，阿咏一哭便止不住了，从低声啜泣变成了嚎啕大哭，发展到高潮，竟哭坐在地上，蹬腿扭动，谁

都劝不住。

　　莫老师也蒙了，不得已安抚了她几句。可在心里，又对阿咏多了一层娇气、经不起批评的印象。隔天，莫老师便说，有的同学听不进反面意见，这样不利于自己进步云云。阿咏明白是说自己，以后在莫老师面前更加畏首畏尾。在我面前总是叹：没劲，没劲！

这样的事情太多了，在那个年龄，一点点事情都可酿成轩然大波。可过些年看，和成年后真正的大遭遇相比，便觉得所有的惊涛骇浪只是茶杯里的风波，实在算不得什么。即便是成年后遭遇了什么，回过头看，也会觉得人生中真的没有什么是过不去的。退一步，海阔天空。

　　当然，我们永远也不可能重返少年，无论那曾经是多事之秋还是绚烂时节。少年的记忆存在的意义，便是为了经历过的人永远记住它，为了慰藉真正波澜起伏的成年后的岁月。

太阳在烧

幼年的时候，非常恐惧死亡。一个人躺在空旷的屋子里，仰望着黑漆漆的天花板，想象自己死去后的窒息与隔绝，自怜得要落下泪来。床是冰凉的，夜是冰凉的，连月光也冰寒刺骨。

我想，那是因为小的时候，由于体弱，觉得无助、没有安全感，脆弱的生命仿佛随时都可能折裂。稍大，对死亡却有了另一层恐慌，害怕身边任何相识的人突然地永久消失。看见一些认识的长者甚至是同龄人的生命脆弱得如同一片枯败的落叶，被死神的巨手碾成齑粉；如同看见生和死之间只隔一层薄薄的帷幕，人则在台前和台后匆匆换场。我们都是台上的过客。

将近十年了，我一直清晰记得外祖父看我的最后一眼。他费力地拗过裹在被子里的瘦弱的身躯，回过头，茫然地无力地却又

是深深地看了我一眼，他的眼睛里蒙了一层白雾，目光像隐在夜雾远处的微弱烛光。他仿佛想用目光挽留我，也挽留他自己。他

用细若游丝的声音叹道："我要死了……"

外祖父的生命熄灭在那个冬季的深夜。他生命的灯盏整整点了86年，渐渐渐渐地耗尽了。生命的最后结局总是归于土壤，它的主题是平和空寂，活着的人在恸哭之后，会彻悟会平静，生活的旋律没有一丝变调。

但是，有一种死亡，却是和声中凄厉的变调，锐利、疼痛，如同巨大的匕首扎入黑幕，有殷红的浓血汩汩渗出。活着的人，不仅是痛，更是撕裂、是坠落、是无可逃脱。

这种死亡，是被凶杀。

我竟然还清楚地记得她的名字：王优芳。初中时代，她和我同级不同班，一个很不起眼的女生。这么多年过去，连一些同班同学的名字都已淡忘，但我依然记得她的名字、她的模样。可是，我们一点都不相熟，甚至没有说过一句话。她剪短发，圆脸，脸上总是带着潮红，眼神总是显得犹疑和退缩。初中毕业后，我就再没见过她，也没想到过她。只是隐约知道，她没有继续上高中，

而是考上了中师。

这样的一个女生，是容易被淡忘的。无论什么时候，被淡忘的结局总是比成为议论焦点要好许多，哪怕你如何风光，风光的背面总是荒凉。我读大二那年，王优芳的名字突然被新老中学校友们频频提起，所有人的脸上都带着惊恐和痛惜。

因为，她被杀了。

那时候的王优芳已经是名小学教师了。仲夏的天气，中午时分，正是太阳烧得最猛烈之时。王优芳像往常一样，结束了上午的教学，回到离学校不远的家里吃午饭。下午第一节就是她的语

文课，吃完饭，她就必须早早地赶到学校。

这个中午是宁静的，住在王优芳那个小区里的人们甚至没有听到一丝异样的动静。或许太阳的炙烤也麻痹了人的神经和听觉，总之，当事情发生后，人们方如梦初醒，却理不出一点头绪来。

下午的上课铃早早地响了，一向准时的王优芳却迟迟没有出现。坐在教室里的孩子们按捺不住地喧哗起来，吵闹声引来了教务主任，教务主任又派人四处寻找王优芳，一直找到她的家里。

可以想见找到王优芳的人在目睹惨状那一刻的惊恐。他走到楼梯口时，就发现了恐怖的异样，一溜新鲜的血迹顺着扶手蜿蜒而上，血迹一直拖到王优芳的家门口。更可疑的是，她家的门竟大敞着，血迹在门口凝成一堆，而地上明显有重物被拖拽的痕迹。那痕迹，一直延伸到里面的厕所，王优芳仰面倒在血泊之中，身中数刀，早已停止呼吸。她的血将厕所的地面染得鲜红……

王优芳的被杀惊动了远远近近。警方的分析是，这是一宗离奇的凶杀案。王优芳没有恋爱对象，可以排除情杀的可能；她为人本分老实，与人相处和睦，也可排除仇杀的可能。那么是劫杀？但她家除了在冰箱里少了几个罐头外，贵重物品一概没有丢失。警

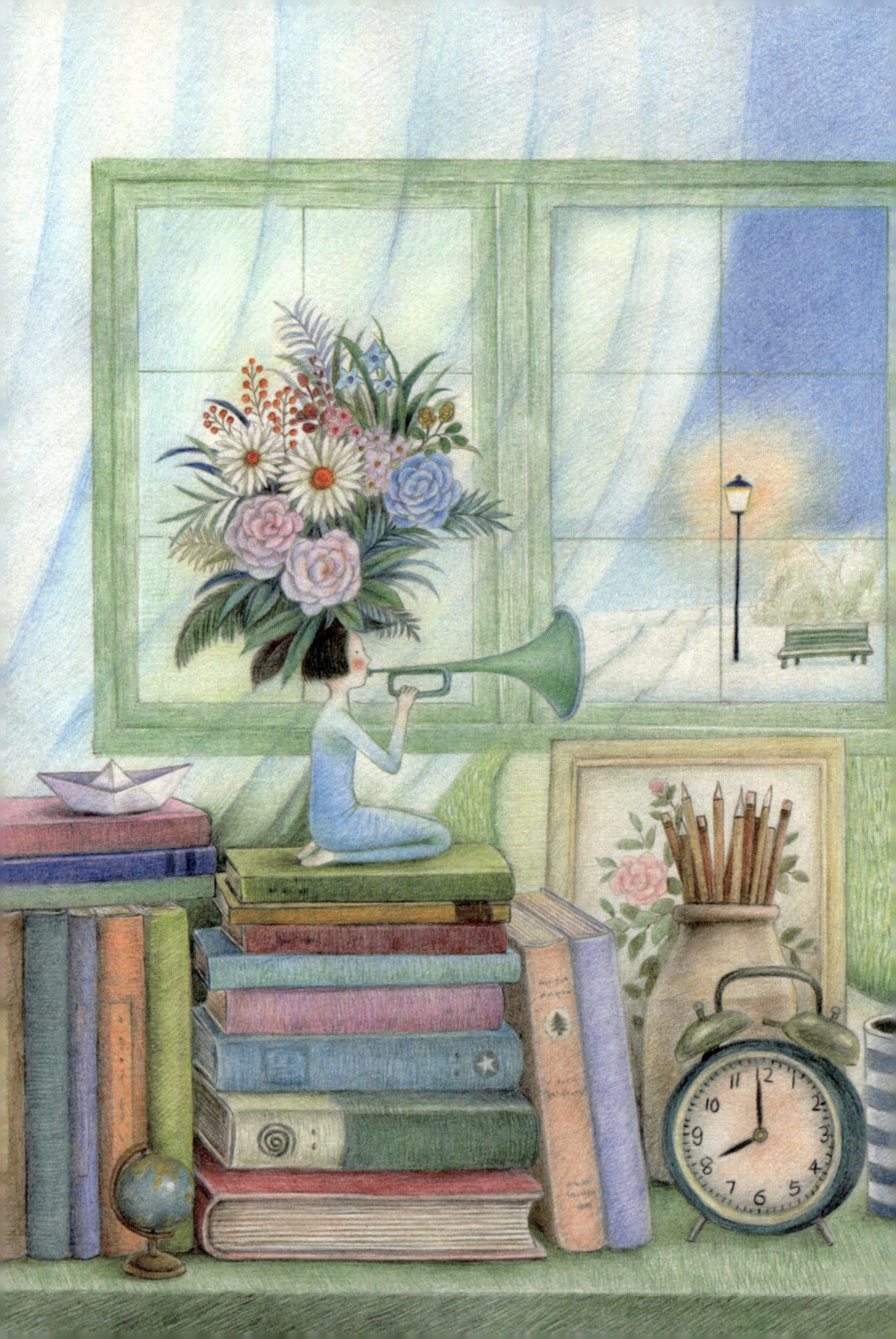

方推断，王优芳和凶手有过搏斗，她曾在中刀的情况下追下楼，企图抓住凶手，终因体力不支，又被残忍的凶手拽进室内，拖至厕所的地上，凶手则落荒而逃……

我无法想象年仅二十出头的王优芳是如何面对那个凶残的持刀人的，她也许认识他，也许不认识，如果认识，那会比不认识更可怕。因为一个熟悉的人，忽然变换狰狞的面目，更是一种精神残杀。当那把尖利的匕首刺进她身体的一刻，在疼痛的同时，她一定经历了更痛的绝望，年轻生命即将断裂的声音如同天地的哭泣，生命之河在即将绚烂铺展前的一瞬断流，如同切断江河的血脉。她躺倒在冰冷的地上，听到自己的血在身边流淌的声音，她的痛不在身上，而在心上。就像闻听她的死讯，所有相熟或不相熟的人都会深深地痛惜，不仅为她，更是为了哀悼曾经年轻翠绿的生命。

人们盼望着找到那个残杀者，将他绳之以法，千刀万剐。但是最终王优芳的死还是成了一宗无头案，那段时间，有流窜犯四处作案，警方推断，这一宗亦是流窜犯所为。

年轻的王优芳死了，死得不明不白。她的事情逐渐被人们淡忘，因为又有了层出不穷的新闻。数年过去了，人们偶尔会提起，便说："那案子还没破吗？唉……"又过了几年，就再也没人提了。

而我，也差不多要忘记了。今天想起生死的话题，又想起了王优芳。对一个活着的人，其实上天对他最大的恩赐不是名利，不是富贵荣华，而是平静地活着，安然地死去。

　　快乐地活在当下，尽心就是完美。

青春心境的终止　●

村上春树的《青春心境的终止》，第一句话就是"青春终止了"。有点耸人听闻的感觉。"青春终止"，如此确切的说法，我好像还是头一回听说。但至于村上列出的一些青春终止的基准，还是颇能让人引起共鸣的。村上的老友是通过嫉妒儿子以后的人生而得知青春终止的。而他自己的人生，已经不太可能有那么多名堂了——遇上女孩子、恋爱之类，即使有可能，也没有那样的心情和精力了。

村上自己，则是在 30 岁那年，因视若珍宝的情感珍藏在某一刻损毁、消失，而意识到青春终止了。在某种意义上，青春的终止恐怕就是以朦朦胧胧的心境终止为标志的吧。

可能读这篇散文时，正配合着自己的心情，所以才会有特别的感触。这一年来，我依稀感觉到那种朦胧的心情正悄悄离我远去。这个年龄正是村上那时的年龄。在以前很长的成长年月里，这种朦胧的珍宝是一直伴随着我的。尽管对象很少，但只要有那样的对象，便一直可以让自己的心保持湿润。

这种朦胧的纯美的状态似乎也可以借用"黄金分割"定律，当两个人的关系尚处于"黄金分割"比例的阶段的时候，是最美最有味道的。也就是那层关系将明未明，各自心里又都很明白，欲说还休，欲罢不能的时候。我曾经把这种状态叫做"临界情感"。这种状态差不多每个人都会经历一些，只是有的人，可能一生都处于这种状态；有的人却稍纵即逝。前者是青春延续得比较长的人，他们或许一辈子都能拥有少男少女般的心境。这部分人是比较少的。

然而，即使是那些青春已逝的人，实际上也不会真正断了青春的怀想的。我想，村上所感慨的"青春终止"，依然是在表达他对青春的强烈的留恋吧。真正"青春终止"的人，是连这点感慨都发不出来的。

但我不很赞同他说的"终止"二字，若能改为"中止"或许更好些。在人生的某个阶段，因为经历了一些事情，会有疲累或者厌倦的感觉，于是，很容易产生"退隐"的念头，心灵会罩上一层屏障，是为了保护也好，隔离也好，休憩也好，总之，这种状况的产生是很自然的。但是，经过长时间的休整，有很多人的心灵又有能力呼吸到新鲜的空气了。重新获得的活力或许比先前更充沛，否则，就不能解释为什么有那么多的中年人沐浴爱河。他们中的很多人居然还有少男少女的怀春心情呢。我很熟悉的一位已经拥有美满婚姻的中年妇女，曾经带着羞涩的表情向我详细描述她对一位出色异性的微妙情感。她说也许只有我才能理解她，并且不会笑话她。他们之间从来没有越轨的表示，甚至连眼神都没有，一切都在正常的轨道中运行，但她确确实实地感受到有某种玄异的东西在两人之间滋生，这一层，恐怕永远都不会捅破，永远都被小心地包藏呵护着，成为女人心里的珍宝。这样的心境，何尝不是美妙的"青春心境"呢？

　　青春是不会轻易地"终止"的，只要生命存在着，青春又怎能绝尘而去？

● 丢弃的日子

　　问你对自己这一生的评价，十有八九的人会摇摇头说：庸庸碌碌，平淡如水。他们蹙着眉努力地回忆几十年来走过的路，能想起来的，或者认为有意义的当属凤毛麟角。更多的日子犹如用过的纸巾，被弃若敝屣。

　　就像很多人，习惯把电话号码、朋友的地址记在随手拿来的纸片上。这些纸片很容易丢失，于是生活中的很多日子也随之在我们的记忆中消失了。

　　有时候，丢失的日子好像被压缩的生命。拥有丰富记忆的人往往比那些容易忘却的人拥有更长久的生命。这样说或许有点绝对，但是在某种程度上，生命不正是埋藏在记忆的矿藏中吗？

　　对生活感觉粗粝的人，常常把十天当一天来度过。他们奢侈地享用生命，一分一秒在看似喧哗的觥筹交错中、在麻木不仁的迟钝中如水而逝。那些感觉敏锐珍惜记忆的人，总是吝啬地抽取生活的纸巾，尽情地享用，细细地品味，他们的记忆凝成金砂积淀在岁月的河底，留待年老时从头检阅。

其实，细想一下，生活中的每一天并不是想象中的那样简单，那样微不足道。试着一分钟一分钟地回忆自己的任何一天，回忆一下所有遇见的人、说过的话、头脑中一闪而过的思想、领略过的景致，还有自己和他人的细小的行为、心态——当你把所有的这些仔细地记录下来，完整地重现出来，起码能写出一本书来。

现代人已经鲜有记日记的了。没有空闲时间并不是理由，真正的理由是很多现代人已经不再具备咀嚼生活的能力和体验生活的耐性。匆忙让生活不再从容，让情感不再清澄。所以，特别敬佩那些在忙碌了一天后，坐到灯下安静地整理思绪的人。他们俯拾过去的日子，悉心地收藏，犹如收藏自己的生命。

这些年轻时的日子仿佛定期储蓄，等你年老时来享用。年老时，你不再能疾步如飞，可记忆中分明凸现出在原野上奔跑如风的画面，这个画面或许和爱情有关，还牵扯出一段心灵深处的隐秘情感，这些情感是温暖你枯涩老年的炉火；年老时，你也许功成名就，可你依然眷恋辛苦走来的一路艰辛，那些平常的日子造就了现在的你，你对苦难的珍视胜过一切，它们让你的老年丰沛无比……

每一缕记忆的游丝都与一段故事和心绪牵在一起，请留住它，犹如挽留住年轻的生命和美好的瞬间，也挽留住了从指间流逝的日子。

因为你曾活在世上，因为你曾幸福地活着。

流沙流水

在毕淑敏的心理咨询中心里看到一格一米见方的沙盘。问用来做什么？回说，是做游戏用的。想起幼儿园里供孩子玩耍的沙坑，难道是同样的功用？再问，对方解释说，当人的手指触摸沙子，细沙从指缝间水一般流下，那种酥痒的感觉是能激发起人的原始情感的。什么是人的原始情感呢？爱、恨、悲、喜、忧、惧……恐怕都是。

于是蹲下，触摸，似乎并没有特别的感受。心想，也许是因为缺少特殊的情境吧。我是去采访毕淑敏的，在心理上自然和那些求助的来访者不同。我抱着审视的、好奇的、探询的态度，无形中为自己竖了道屏障。人一旦有了屏障，犹如戴了盔甲，紧绷的心又怎能体会那些所谓的"原始情感"？

但脑子里总忘不了这个有趣的沙盘游戏。回来后查资料，也不甚了了。只说，孩子通过一次次沙盘游戏，可以激发出自我控制、自我完善、自我成长的动力，潜移默化地克服那些家长认为难以克服的坏习惯之类。那么沙子之于成人呢？虽然仍是一知半解，记忆里却浮起小时玩沙子的情形。

那时，常能接触沙子。出门见山，见树林。周围时时有新的房子盖起来，便有一些沙子遗漏或堆积在路边。调皮的孩子在沙山上爬上爬下，造"碉堡"，造"房子"。玩沙子的好处是不易弄脏衣服，弄脏了也易拍打，而且，安全。

有一阵，跳远不好。便每天起早，去校园里的沙坑边练习。穿着白跑鞋，在沙子上奔跑、跳跃，脚底觉得特别细滑，颇觉快意。

不过，最愉快的玩沙体验还是在成年后。

每次去海边，都喜欢玩沙。印象中，海南亚龙湾和泰国普吉岛的沙滩最好，特别的细腻柔滑，赤脚踩在上面，双足仿佛被温润的巨手揉搓摩挲，涌上心头的是暖意，是安慰，是小小的感动。

而沙子，也能带给人恣意的狂欢。那是在内蒙古包头附近的鸣沙山。那沙山，因风而流动、起伏，风吹细沙，鼓鼓作声，只见脚面的沙被风吹得如同湍急的水流，脚底会忽地陷落。然后，跑动。在沙子上奔跑无法控制自己的速度，但丝毫没有危险。可以狂奔，可以俯冲，可以攀登，沙山望不见尽头，绵延起伏，蕴涵无限的未知。那一刻，沙子、风、天空、人是一体的，在这个整体中，心又怎能不放松，不自由？

　　可是，这样的机会毕竟不多。大多数时候，我们只能从与水的接触中寻找相似的快感。仔细想，沙子和水其实是一脉相承的。它们具有相同的品质：可以流动，没有痕迹，细柔，顺滑；它们与皮肤接触都能使人产生类似抚摩的感觉，如同母亲的手，如同怀抱。所以，沐浴可以解乏，可以舒心，恐怕也是相似的道理吧。

　　说这些，其实全是我自己的揣测，并无科学依据。如今，也许没有随时亲近沙子的自由，但至少，可以随时地亲近水。在沐浴中，涤去尘埃，同时感觉一种心灵对自然的投奔。而时尚一族的芳香浴，更是双重的享受。沐浴，净身，更要净心。

危险的时尚

　　去逛街，逡巡于各色成衣柜台前，总有殷勤的小姐向你推荐："这一款卖得特别好，今年流行……"去发廊，发型师在你耳边絮叨："做这个颜色吧，剪那个发型吧，今年流行……"人都是从众的，穿着打扮、生活方式上犹是。所谓时尚，大概是参与者最多的"从众"吧。我比较老土，以前每看时装或者当年流行色信息发布，总会纳闷，这件事本身是否有意义呢？每一季的时尚循环往复，周而复始，这是不是人类在无聊之际发明出来的自娱自乐的玩意儿呢？当然，这类问题本身也很无聊，不能深究。

　　时尚也许是个好东西，因为它站在潮头，吸引眼球，被人追逐。但是，举凡可以去被追求的时尚，一定皆会落伍，于是需要奋起直追。因此时尚也是危险的。更加危险的是，时尚还如同麻醉剂，麻醉人的基本审美认知，教不相干的旁人暗暗捏汗。

比如之前流行过的低腰裤。低腰的款式设计本适合西方人修长挺拔的身材，也满足现代人性感裸露的需要，露腰、露臂、露背、酥胸半露……接下来还可以露什么？露臀沟和腹股沟！低腰裤充分满足了"露"的需要。殊不知，在满足了自己的同时，却"伤害"了旁人的眼睛。腰低了下去，露出了鼓突的肚腩，无甚风光的臀沟，再加一双并不修长的萝卜腿，不但毫无美感可言，还让旁人心生慌乱，直担心那裤子万一挂不住……说到底，对旁人的视觉侵略还是轻的， 最怕是大冷的天，仍然露出白生生的皮肉，寒气入侵，平添疾病，到老则要为年轻时的盲目付出代价。

时尚还削弱人的创造力和智商。换季时，各大衣铺兜一圈，会发现不同品牌的服饰款式和颜色会不约而同地惊人相似（这自然是受了流行发布会的影响），从中难以窥见设计师的个性。至于跟随潮流的人，在追逐中迷失了自己。走在大街上，仿佛误撞流行讯息发布会 T 台，无论胖瘦都会裙装和裤装叠穿，稍有姿色则祖胸露乳，或者内衣外穿。一度，韩式尖头鞋让人人都滑稽地变成了扑克牌里的大怪和小怪，如今此鞋已难觅踪迹；一度，反翘式刘海让很多中年妇女成了盛放的"鸡冠花"……幸亏，都是"一度"而已。越是风行，销声匿迹也就越神速。

时尚可以蔓延和传染，从穿着打扮，蔓延到吃、住、行， 从流行吃香辣蟹、小龙虾、小火锅、农家菜，延伸到住酒店公寓，开两厢跑车。时尚，虽然体现了大众意愿，但它却未必是合理的、理智的、健康的，因此，时尚注定是短命的。三十年河东三十年河西，风水轮流转的道理用在时尚总归是对的。这不，八十年代的潮流风不是又刮起来了？因此，若能在时尚潮流中保持一点独立的思考和审美，既不固执守旧，又不盲目奋起而追之，大概才算比较聪明且又省力省钱的做法吧。

妈妈——你是我的陌生人

为什么我们不能像电影上的母女那样相处？每当我看到影片或电视剧里亲情流露的镜头，我就会流泪……我不明白，妈妈，难道你只是我的陌生人？

有很长一段时间，我一直以为自己有很重的心理疾病。那些日子，我仿佛是在晨光熹微的森林里跋涉、摸索，有微凉的阳光抚触我的心，可我的眼睛却迷茫，我不知道自己需要什么……

十七岁的芷儿睁着有些迷离的眼睛望着我，她很安静，从眼神到姿态。她是那种喜欢在月光下，就着橘色的灯光品茗读书的女孩。但凡这样柔情似水的女孩，都有一颗不安宁的心，犹如暗流涌动的冰河。

芷儿嗫嚅着嘴唇，寻找合适的词语表达她内心的感觉，这种感觉很微妙，语言几乎难以承载它的内容。我说："没关系，我可以体会你的心情，因为我也有过心乱如麻的年龄。"

芷儿说："我有一点同性恋，我'爱'上了我的女老师……"

其实，芷儿有一个对她照顾无微不至的母亲。母亲把芷儿当作全部的生命寄托，她曾经深情地注视着芷儿，说："要我为你做任何事都可以，芷儿。"可那时，芷儿一点都没有感动。假如那时，妈妈是搂抱着芷儿说这句话的，哪怕只是将手轻轻搭在她的肩上，芷儿都会泪水涟涟的。

母亲的搂抱，在芷儿的记忆里，早已是朦胧而遥远的事情了。恍惚中，芷儿仿佛记得那样的场景，是在她 2 岁的时候吧，母亲带着她在绿草如茵的大草坪上戏耍，芷儿跑着跑着，不小心绊了一跤，母亲急急地跑过来，扶起她，将她抱在胸前，一边轻轻地拍她身上的灰，一边将手按在胸口，说："芷儿，我的小宝贝！"芷儿的脸埋在母亲温润的怀里，听得见母亲亲切的心跳和喘息，她被那软软的身子抱着，心里是那样的安全和踏实……

自从有了清晰的记忆，芷儿便不再有被母亲拥抱的体验了。所有的东西，母亲都把最好的给芷儿，母亲的同事也对芷儿说："你的妈妈是世界上最好的妈妈。"芷儿脸上努力现出幸福，心里却轻颤了一下，有一句话，她无法说出口，她不能说自己和母亲还隐约地隔了一层，在心灵深处，母亲就像她的"陌生人"。陌生感并不是在新的环境里才会有，即使在熟稔的人面前，在熟稔的环境里，陌生感也会像风一样乘虚而入。

芷儿知道中国人的感情很内敛，有的人到死都不会对所爱的人，尤其对子女或对父母说上一句："我爱你。"她从来没有对她的母亲说出自己的需要，因为她羞于启口。她只是越来越热衷于看外国电影，看电影上60多岁的体态臃肿的母亲和她的儿女紧紧拥抱。

芷儿企盼着感动，那种感动是和庸常的生活不一样的。芷儿迷惘着这种感动是不是只有影片中才有，生活中遍寻不着。这时候，只要有人能给予她情感上的安慰和满足，芷儿都会感激涕零的。

十多岁的芷儿就像饱含汁液的叶片，张开皮肤上所有的毛孔，渴望着抚摸，渴望着情感的浸染。她在黑暗中，缩在被子里，想象这是一个温柔的怀抱，她甚至望着黑漆漆的天花板，轻轻地呼喊一个假想的名字，那是一个成年女人的名字，她会直白地表露对芷儿的感情，会将芷儿搂在怀里，搂得她喘不过气。

芷儿不知道自己的需要是不是正常，更不知道别的女孩是否也有相似的心情，直到有一天，芷儿终于找到了情感寄托的对象，她飘忽的心才安静地泊下来。那个人是她的语文老师，和她的母亲年龄相仿。语文老师叫紫玲，很美的名字。芷儿从心里对紫玲老师有一种契合，开学第一天，当紫玲老师穿着碎花的长裙走上讲台，用水波一样的眼神望着大家的时候，芷儿就喜欢上她了。

那个下午，芷儿最后一个离开教室，紫玲老师在背后叫住她，走上来和她同行了很长一段路。老师用磁性的声音问这问那，分手的时候，她用手轻轻抚在芷儿肩上，很亲热地摸了她一下。在这一瞬间，芷儿有了一种电流般的震颤，望着紫玲老师远去的背影，芷儿几乎要哭出声来。

芷儿就是从那时"爱"上紫玲老师的。每天每天，她用耳朵捕捉紫玲老师的声音，用目光搜寻老师的笑容，一遍又一遍地想象与老师单独邂逅。有好几次，芷儿特意徘徊在紫玲老师家附近，久久地凝望那个垂挂着紫色窗帘的阳台；有好些晚上，芷儿辗转反侧地回忆紫玲老师在白天的一颦一笑，想象着自己可能和老师发生的故事。芷儿有了一个带锁的本子，上面画了玫瑰梦幻图案，里面所有的文字都是关于紫玲老师的，都是芷儿藏在心里不能对人言说的悄悄话。

"当别人都在为黎明郭富城神魂颠倒的时候，我为什么偏偏喜欢上我的女老师？我这是怎么了？"芷儿抬起苍白的小脸，望着我。

不用芷儿多解释，我早已体味了她的心情。

人其实是最脆弱的动物，因为人有情感，许多成年后软弱的人，大半是由于从小精神上营养不良。一个人慢慢长大的时候，可以逐渐抛掉童年时所依赖的细致照顾，最不能摆脱的是情感的滋润。婴儿需要抚触，成年后的人，一样需要有一只手在他脆弱的时候抚摸他安慰他。更何况正处于心理和生理成长期的芷儿呢？

芷儿的母亲一定是深切地爱着她的女儿的，可是越喜爱的人往往越容易羞于或者说认为不需要直露地表达爱意。也许她的心里充满深刻的爱意，但她实在不明白，自己亲近的女儿时刻等待着她张开双臂，抱抱她，对她说一声："妈妈需要你，妈妈爱你……"

在心理教科书里有这样一个实验，将刚出生的小猴子与母猴隔离开来，给它两个人造的母猴，一个是冷冰冰的金属猴，身上放着供小猴取食用的奶瓶；另一个是温暖的布猴。小猴只是在饿了时才爬到金属猴身上，其余时间都抱着布猴，贴它在怀里，寻找安慰。我对芷儿说，你一点也没什么不正常，对温暖怀抱的需求是"物"同此心，心同此理。你的母亲只是不知道你的需求，或者她还不习惯这样表达。为什么不告诉她呢？为什么不让心灵和情感舒展开放，像躺在春天的草坪上一样，让心情晒晒太阳？只有把心窗打开了，让清新的空气自由流动，你会发现阳光能照到你心里阴影的一角，阴影淡去，明媚便会爬上你的心墙。

当寒冷的时刻到来，我们需要足够的手套和围巾，我们需要妈妈给我们披上挡风的围巾，那我们自己是否也能做一双小小的手套，牵住妈妈冰冷的指尖？

她们像芳馨的水中之荷，浑身散溢着甘香，历经尘世之劫，却了无垢痕；人潮汹涌于她们来说，有如无声的幽林，无染的净土。

Chapter 5

拥抱不完美

第五章

冬天的傍晚，天色早早地暗下去，房子、马路和行人都被一张巨大的灰网罩住了。

　　我靠倚在汽车的一角，不知地感受出来自四处左右的压力，不知道的人们在寒冷的气息和苍茫的暮色里都显得匆忙踉跄不安。车在高低不平的路上颠簸，修了一半的路像一条弯曲扭捏的破碎的蛇蟒，窗外是简陋的临时建筑和沿路工人苦涩而机械的表情。我试着从空气浑浊的车厢中挣脱往窗外挪了几步，走到了两个十多岁的女中学生身边。在一群神情呆板的成年人中间，她们显得快活多了。一个留短发，一个留着

那双明澈的眼

是六七年前的事了。

那年六月，我大着胆子到了那个可怕的地方。那地方，谁听着都是怕的。它的名字几乎成了瘟疫和死亡的代名词。从 20 世纪 90 年代初开始，那地方的人到地下血站卖血，染上了艾滋病，并且因为某种原因，得不到及时的医治。他们中有的人，对自己罹患的疾病还懵懂不知。

也许是出于职业的使命感，我们冒险去采访了。其间的周折就不说了，采访的经历到现在都不能忘。

正是收割麦子的时节，田野秃了，柏油路上却撒满了金色的麦粒，拖拉机驶过，如波浪般漾开。那个村庄靠着路边，村口堆满麦垛，远望田野，隐约可见座座坟茔，丰收和萧飒并存，弥漫着奇异的气氛。走进村子，第一户就是我们要采访的人家——一位艾滋病晚期患者。从外观看，这房子还是很像样的。黑瓦白墙，

门楣高大，门联上横批"招财进宝"。怕惊吓到主人，我们拎着个行李袋，内装各种治疗艾滋病表面症状的药物，只推说是给他们免费送药来的。

一个敞着衣襟的小伙子将我们领进门去。男主人满面愁容地迎出来，把我们让进院里。院子里是泥地，久未下雨的缘故，很干硬。一边是猪圈，猪粪的臭气和稻草的香气混在一起，空气很不新鲜。石灰刷的墙已经又脏又破，屋檐下摆着个油漆斑驳的缺腿的矮桌子，上面放两个破碗，里面盛着一点剩饭和蒜头，想必是他们的早饭。

我们远离桌子站着，心里有一点惶恐，毕竟头一次接触艾滋病患者，况且她就在里屋。她居然慢慢走了出来。那是一个怎样奇特的人啊，瘦得像少女一般，肢体因衰弱而扭曲着，嘴角溃烂流脓了以后又结了痂，使她的嘴看起来像一团红黑的泥巴。她无法正视，她的眼睛好像也出了问题，不停地流泪，眼珠上像蒙了层白膜。她伸出四肢，那更骇人，皮肤都已溃烂，肤色呈黄黑色，流出淡黄的脓水……她想诉说自己的痛苦，但声音细弱，加之方言，我们无法听懂，只能由她丈夫解释。

她丈夫说，她十年前一次次地卖血，每次卖得 90 元，她卖血的钱和他打工的钱合起来，盖成了眼前这栋房子。他伸手指指这简陋的房子，除了外墙刷了石灰，里面全是泥土的颜色，显然没有好好装饰过。但这是他们两人的心血，付出了劳力，甚至生命的代价。

我听着难过，强忍着眼眶里的泪，拿出各种抗生素的药放到桌上，并且嘱咐他们各种药的服法。这时候，我注意到一个穿粉红色上衣的小女孩站到了我的身后，挨得我很近。起先，她一直远远地在猪圈前站着，眼含敌意，似乎很反感我们这些不速之客。

此刻，她消释了眼里的不满，好奇地望着我。我这才看清她，她长得十分清秀，皮肤白皙，头发柔顺干净，那身粉红色的小衣服也洗得很清爽，全然没有一般农家孩子的邋遢相。尤其是她的那双眼，明澈见底，瞳人里闪烁着同龄孩子少见的忧郁。

我低声问男主人："这是你的女儿？""我女儿，今年 9 岁。"说到女儿，男主人的脸才活泛起来，言辞里有种说不出的爱怜。"知道怎么防止传染给孩子吗？比如不共用碗筷、厕所，还有消毒，

不要近距离接触……”我们说了些艾滋病防治的常识。她父亲说都注意了。“她上学了吧？学费怎么办呢？”我又问。“唔，学费……凑呗。”他又变得沉郁起来。我知道，为孩子的母亲治病足以使他们倾家荡产，别说是供一个孩子读书了。

我不再说什么，仿佛有了默契，大家从各自口袋里摸出所有的钱放到矮桌上。接下来的一幕，我们所有人都没有想到。见此情景，这位高大健硕的男主人忽然涨红了脸，蹲下身子掩面而泣，就好像一个被人们遗忘了很久又突然受到关照的委屈的小孩，他哭得很伤心，并且哭出了声音，久久不能止住。这让我们手足无措，不知怎么办好。女主人也哭了，扭曲着一张脸，丑陋而痛苦地哭着。

只有他们的女儿，仍旧睁着一双明澈的眼睛，望着我们。她始终没有做声，我只是从她逐渐柔和的眼波里，读出了她对我们的亲近。她的表情那么平和，一派童真，如此纯洁。一边是这般的神明晶莹，一边却是死亡与瘟疫的泥沼。我站在岸边，心中黯然。

总要告别，我们走出高大凄白的门楣。男主人送出来，女主人也想送，但试了几次都站不起身，我们说，不要送了。但我们不敢近距离和她说话，疾病将我们无奈地阻隔。走出几步，还看见男主人站在门口，他的手里牵着女儿，久久地望着，眼里有绝望和感激……还有那双明澈的童真的眼，我总是不能忘、不能忘。

● 你还有羞耻心吗？

朋友上一年级的女儿在作文里这样描述她的妈妈："我的妈妈是个三十岁出头的老女人……"朋友觉得很有趣，这么小的人说起了大人腔。她还教妈妈要精于算计，要管好你的财务以约束自己的男人，将来她要住高档房子、开宝马车。电视里出现让人尴尬的男女亲热镜头，父母如坐针毡，想把屏幕遮挡起来，谁想到小孩却落落大方，说："这有什么！我还不想看呢！"

小孩子说大人话，好像特别能愉悦大人，并为大人带来莫名的成就感——看，孩子被自己调教得多么"出挑"。

我们看到，随着现代媒介越来越多地影响日常生活，儿童世界里的秘密越来越少，他们几乎知道成人所知道的一切，换句话说，成人和儿童之间最根本的一个不同被逐渐淡化了。小孩子不单知道大人知道的信息，而且可能知道得更多。他们早早地接触到暴力甚至乱伦，体察到外面社会的凶险，对爱情、婚姻和未来不再抱有玫瑰色的遐想，心中不再充满神秘与敬畏的感情。

我们这一代人也许还清楚地记得，自己童年和少年时代对教师所抱有的朦胧的敬畏，在想象中完美教师其实并不完美的形象。我们的童年与少年虽然无知懵懂，但足够温暖与温情。而今，还有多少学生会敬畏自己的老师？韩寒们竖起挑战传统教育的大旗，将身边的教师与其他成人揶揄得体无完肤，自尊得到了满足，却也从此与生命中的温情时代告别。

没有了秘密和敬畏的孩子会怎样呢？首先，羞耻的概念被冲淡了。但这不能怪罪于我们的孩子，因为这个社会已经不再提供产生羞耻感的环境。比方说，衣服是遮掩隐私部位的一种手段，如果我们把保密的手段剥夺了，那么我们也就剥夺了秘密。当维护乱伦、暴力、同性恋等这些秘密的手段消失了，当这些秘密的细节变成了公众的话语，可供每一个人检查和享用，与之相伴随的羞耻感也会消失。当成人没有阴暗与捉摸不定的谜需要瞒住儿童，

然后以安全合适的方式向他们揭示，那么，孩子们便过早地进入了成年。

就像这样一个尴尬的例子：一对夫妻常年处于恶劣的争战中，而且他们的争吵与厮打从来不回避他们的儿子。于是，他们即将成人的儿子认为，所有人的婚姻都是这样的，充满了挣扎、狭隘、暴力，他对将来的爱情与婚姻充满了灰暗的恐惧。在某种意义上，他父母不加掩饰地将阴暗的一面暴露于自己的孩子面前，其实是成人对儿童世界的一种强奸。

而这一切，根本还是缘于这男孩的父母羞耻心的丧失。羞耻感逐渐减退的话，行为举止的约束也相应降低了。拿语言礼仪来说，成人应该记得在孩子面前不能使用某些粗俗肮脏的字，孩子反过来也不期望在大人那里使用这些字。

贝特尔海姆在《童话的魅力》中说，童话的意义在于，能够以儿童容易接受的方式揭露现实生活中存在的邪恶，并且融会贯通，使儿童不受创伤。其实，保密与"粉饰"并不等同于虚伪，而是为了给孩子提供健康、有序的成长环境。虽然信息侵入已经无法控制，但我们能否尽力做到不让儿童了解凶杀、家庭暴力、抢劫谋杀呢？假如大人们已经无可挽救地丢失了羞耻心，为何不保护一下孩子尚未成形的世界免受侵害呢？当孩子们还没有提问，我们的成人世界就已经给了他们一大堆面目不同的答案，他们的心里还有好奇吗？还有憧憬吗？还有对未来人生的探知与向往吗？

怪不得，我们身边的儿童正在慢慢消失。在孩子们有机会接触到成人秘密的同时，已经被无情地逐出了童年的乐园。

莲花般的女孩

冬天的傍晚，天色早早地暗下去，房子、马路和行人都被一张巨大的灰网罩住了。

我挤缩在汽车的一角，不断地感受到来自前后左右的压力，下班的人们在寒冷的气流和苍茫的暮色里都显得有些焦躁不安。车在高低不平的路上颠簸，修了一半的路像一条歪歪扭扭的破碎的蛇蜕，窗外是简陋的临时建筑和筑路工人茫然而机械的表情。我试着从空气浑浊的车厢中段往前挪了几步，走到了两个十多岁的女中学生旁边。在一群神情呆板的成年人中间，她们是显眼的两个。一个短发，一个留着及肩的长发，都穿着牛仔裤和薄绒衫，你一言我一语兴致勃勃地谈论着。

短发说："他又写信给我了，让我寄张圣诞卡给他。"

"哼，真荒唐。"长发撇撇嘴。

"他说他对我是真的，如果我愿意，他会像兄长一样照顾我。"

短发继续复述信里的话。

"什么东西！"长发颇不屑。

"我真不知该怎么做才好。"短发无奈地咕哝了一句。

"你上次给他的回信口气不够强硬,得让他彻底死了这条心！"长发俨然一位苦口婆心的长辈。

她们还在说着什么，只是我无心再听下去。她们的声音具有少女特有的那种明朗和清澈，清晰地打破了车厢死一般的沉寂。那纯净的音质像一道明媚的光影在污浊的空气里跃动。可惜的是，那道光影里仿佛掺杂了一些碍眼的浮尘，变得生涩和不谐调。我回头朝她们看了看，很稚气柔嫩的脸庞，无忧无虑远离红尘的表情，乌黑灵动的眼眸。两个让人赏心悦目的少女。只是……

偌大的火车候车室里人流熙攘，倦怠的人，焦灼的人，静坐的人，走动的人……聚集在一起，真的是鱼龙混杂的地方。

我背着行李包，找了一个空位坐下，左边是个穿皮夹克的男青年，正低头吃着热气腾腾的"康师傅"。我向来不喜欢候车室，不仅是因为嘈杂和混乱，更因为那儿的人们旅途前夕表现出的浓厚的浮躁和焦虑，当然还有夹杂在人群中的求乞者眼神中的猥琐和猜度。"康师傅"浓郁的酱香不时地飘过来，竟勾起了我的食欲。

这时候，在离我两米远的地方，一个七八岁的女孩正勾着手向旅客乞讨，旅客也找乐似的跟她搭讪着。我别过脸去。说心里话，我是顶反感乞丐的，尤其是年轻力壮和年幼的乞丐。对前者是出于对不劳而获的鄙夷和不屑，而对后者则出于深深的遗憾，一个从小丢失尊严的人，我无法想象他将来是否能做一个真正的"人"。

女孩一步步挪动着位置，手中依旧空空。面对虚假的弱小，现代人正一点一点地丧失怜悯。这似乎是不争的事实。

我能听清女孩乞讨的声音，是非常好听的玻璃般透明的童音，她在念一段有节奏的乞讨词，带着并不明显的安徽口音：

> 叔叔好来，
>
> 谢谢你啦，
>
> 行个好吧，
>
> 祝你一路顺风呀。
>
> ……

她一遍又一遍地念，不厌其烦的。许久，见对方没有反应，才不愠不恼地换了地方。

我隐隐地怕她过来，怕什么呢？自己也说不清。

女孩挪到了吃"康师傅"的青年膝前，又照原样念了一遍。青年只顾"呼噜呼噜"地喝汤，连正眼都未瞧她一眼。

女孩失望地朝他看了一眼，将目光移向我。

那是一双怎样的眼睛啊，是两颗大而黑的葡萄珠，凝着水，深深的，看不到底，看不到浑浊。那双未经尘世的眼睛望着我，忽闪了两下，然后她启开小嘴唱道：

> 阿姨好来，
>
> 谢谢你啦，
>
> 行个好吧，
>
> 祝你一路顺风呀。
>
> ……

她反反复复地唱，声音清脆响亮，像在唱一支歌谣。她直直地正视你，毫无一般孩童面对生人时的胆怯和羞涩，让你无法逃遁。

我突然有些不忍，将手移到口袋边上。女孩见状，竟"扑通"跪倒，更加响亮地唱，依旧直直地望着我。旁边的人都往这边看，脸上挂着凑热闹的俗气的笑。我从口袋里摸出一枚一元的硬币，轻轻放在女孩的手心。

女孩立时住了口，朝我磕了头，不声不响地挪开了。我心里的石头终于落了地。

望着女孩小小的背影，我想，这样一个灵气四溢，有胆量的孩子，若上了学，真的会不一般呢。这样想着，便从心里为那个女孩感到可惜，不管怎样，她都是个与众不同的小乞丐。

进站了，人们纷纷站起来，用劲地向前拥。队伍前面突然爆发出尖叫声。一个小孩正奋力地推开众人，踩着椅子跳将出来。是她，那个特别的小乞丐，她手里攥着个东西，一脸的愤怒和焦躁。那是一副成人才有的表情。在密集的人群中，她像一片河上的叶子，不断地被水波推来逐去。她正逆着人流往外跑。

片刻，前边又响起了一个声音："我的钱包，快抓住那个小孩！"待人们意识过来，那个女孩早已杳无踪影。

火车汽笛响了……

滚滚的红尘中，所有的人都无法逃遁于人间俗事的漩涡之中。污浊的空气会模糊秀丽的风景，城市的噪音会涌入耳道，冲破耳膜；绿洲正渐渐被荒漠吞噬，当然还有人们之间理不清的千丝万缕的干系。在这个世界上，最美丽的，除了最本原的大自然，便是天真无瑕的孩子了，尤其是莲花般的女孩。她们像芳馨的水中之荷，浑身散溢着甘香，历经尘世之劫，却了无垢痕；人潮汹涌于她们来说，有如无声的幽林，无染的净土。

车上的少女和那个令人失望的小乞丐，只是许许多多女孩中的几个。我依然向往那些宁静无忧，纯净如水的莲花般的女孩。

她们在哪里呢？在扰攘的车声人潮中，她们是莲花，是引渡我们的奇迹。

花样男生 ●

　　四年级开学，黎安做了我的同桌。黎安如花，黑发微卷，皮肤白皙，天生一双女孩气的丹凤眼，爱用眼梢看人。举止也文雅，伸手取物用的兰花指。只可惜，黎安是个男生。

　　现在想起，黎安外貌颇似张国荣，连举手投足都有点像呢。黎安热爱女生，也热爱一切女生的游戏。他会跳皮筋，踢毽子也拿手，学校里举办编织兴趣小组，黎安举手报了名。从此，黎安真正和女生打成一片。

　　你能想象一个拿竹针的男孩吗？现在，都少有女孩会编织。我也不会。我曾经努力学过，但手里的针犹如两根石棒，粗粗笨笨，织出来的不是绵软的毛衣，几乎是粗糙的抹布了。黎安手里拿着针，却是那样妥帖，行针如飞。织起来比女生更安静、更投入。这编织小组里，本来人就不多。十来个人，坐在朝西的教室里，总是在夕阳西下时分，传来沙沙声，仿佛春蚕啃食桑叶。

169

黎安第一件作品是一副手套，蓝色的，手背上夹有雪花图案。他自己戴刚刚好。而我什么也没织成，只是象征性地织了块带图案的"手绢"，还是一头大一头小的。黎安得意地拿了手套在我面前炫耀，如此有成就感，和平常判若两人。

　　平常，黎安却没有一分钟的安宁。40分钟一堂课，他一刻没有停过。先是玩自己的铅笔盒，将里面的笔、尺、橡皮、卷笔刀，一样一样取出、端详、琢磨、放进，循环往复。完了，又来玩我的。这一切做完了，便取一铅笔，置于额前，一点一点耐心地卷他自己的"刘海"。"刘海"被他卷成一绺，松松悬于额前，他便翻开铅笔盒，在盒盖的反光里欣赏自己模糊的影子。

　　有一回，他有意让我看他的手指。我正纳闷着，突然发现他的小指被染成鲜红一点，不是用的指甲油，竟是女孩子时常玩的指甲花。没有把十指都染上，还是因为有所顾忌吧。我忍不住笑他，他就缩回手去不高兴了。

　　我不知道应该把黎安视作男生还是女生。在我头脑里，黎安的性别已经模糊，要分辨清楚真的不太重要。只要他不把我的铅笔盒翻得乱七八糟，只要他不要在抢答老师的问题时把我挤到一边，我还是愿意承认他是个不讨厌的同桌。

　　黎安的多动症人人皆知，这也没什么难为情的，班上有这个毛病的同学并不少。"小和尚"的多动症就比黎安严重得多，黎安还能在编织时静下来，"小和尚"却是无可救药。据说，他们要吃白色药丸，我不知道那是什么药，只是想，每天吞药丸是一件痛苦的事。于是，在心里对黎安有了一份同情。

黎安的成绩总是在最末几名徘徊，想必是多动症拖了他的后腿。老师让我帮他，我便听话地教黎安做题，但每次都是不欢而散。我发现他总是不听我说话，眼神不一会就飘出去，或者不由自主地挖自己的指甲。我先是强忍耐心，到后来，就把纸笔一推，不教了。我天生不是做教师的料，没有耐心，也缺少清晰的口才。那一天，一抬头看见校长的脸从窗口晃过——

校长姓巴，曾有无数天真的小孩猜测校长和巴金的关系。我想不出校长和巴金有什么联系，只是在心里有点怵她。她整天不苟言笑，右上唇生一颗黑痣，齐耳短发，穿严肃的衣服。黎安瞥见校长的脸，即刻低下头去，默不作声，好像一只关禁闭的小公鸡。巴校长朝窗口里张望，眼睛里竟传出少见的温情。黎安低着的头，却一直不曾抬起。

我没有发现其中的秘密。直到有一天，我发烧去医院急诊。妈妈陪我打完点滴，竟与黎安迎面碰上，黎安旁边站着的，竟是校长！

原来黎安是校长的儿子。

校长看到我们，神情奇怪，似笑而非笑。她揽过黎安的肩，迅速地走过去。黎安掉过头呆呆地望我，我突然好同情他，尽管他是校长的儿子。

期末考试，黎安是最末一名，比以前任何一次都不像话。黎安拿着试卷，躲在角落痛哭一场。老师脸上也是无可奈何的表情，不知道是安慰他好，还是责怪他好。

第二学期，黎安静悄悄地转学。我身边换了新同桌，一个闷闷的男生，当然不会玩我的铅笔盒，更不会用铅笔杆卷他的头发。巴校长仍然时常在全校大会上严肃地讲话，我远远地望着她，总是忍不住地想到黎安。

漫长的告别

妈妈在她五岁那年死了。

但五岁的她无论如何不相信妈妈是死了。直到亲眼看见妈妈躺在灵柩里，身边围簇着百合花丛，满眼身着素缟的叔叔阿姨……她才不得不承认：妈妈永远地睡着了，打针吃药都不会管用了。

她十二岁时回想五岁的情景，一切都那么清晰可感。她甚至记得自己曾经用手去抚摸过那个透明的盒子，冰凉滑腻的感觉依然留在指尖。她还记得，她和爸爸从殡仪馆出来，在车上，爸爸的嘴角一直在抽搐，他突然用力地拍了一下车座，骂道：你妈妈是个笨蛋，她骑车怎么这么不小心，居然能骑到卡车轮子底下去！

妈妈不是笨蛋，她不是故意的！——她声嘶力竭地为妈妈辩护。就在这一刻，她才绝望地相信，妈妈的确是死了，再也不会回来。

五岁以后，她的生活里便失去了妈妈香喷喷的味道，只剩下了爸爸淡淡的烟草味。爸爸，和她紧紧地联系在了一起。还好，她一直拥有爸爸的疼爱。爸爸给她唱催眠曲，扎辫子，缝纽扣，买布娃娃，做好吃的，牵着她的手去上学……凡是一个妈妈能做的，爸爸都做到了。

一直到她十二岁。

十二岁那年，爸爸终于有了新的婚姻。继母比爸爸小十五岁，比她大十五岁。继母还是个姑娘，扎麻花辫，举手投足都带有孩子气，她甚至坐在丈夫腿上撒娇。自从继母来了，她仿佛一夜之间长大，再也不向爸爸撒娇。继母对她还是和善的，给她买衣服，买漂亮的发带，也为她梳辫子，但是，继母的手还不如爸爸的巧，时常将她的头发揪得生疼。继母不会做饭，因此，爸爸要照顾两个女儿。

似乎相安无事。日久，她却觉出隐隐的危机。爸爸被继母用看不见的绳子拴住了手脚，也拴住了心。有些事情，会让继母不高兴，比如爸爸抽烟，爸爸晚归，爸爸交继母不喜欢的朋友……甚至……爸爸对她表现出父女间的亲昵。一般情形下，继母都会说出让她不高兴的理由，唯有最后一种，继母从未提过，或许是难以启齿吧。但她心里却清楚地知道。只有她知道。

　　她想，爸爸需要一个完整的家，需要安宁的日子。她不喜欢爸爸重新陷入孤独，只因为有她的存在，同时，她还要安抚继母。安抚继母最好的方式，就是她与父亲的疏离，不再与继母分享爸爸的爱。很难想象，青涩的青春里还要承受如此沉重的爱与压抑。她拒绝父爱，以执拗的反抗来表达内心对爸爸隐忍的关心。她与爸爸争执、吵闹，发展到冷漠、麻木。她闭锁自己，看起来脆弱、神经质。但无论如何，她的学习成绩总是优秀。这是她能给爸爸的唯一安慰。还好，她做这一切，可以有"叛逆青春"的名目护佑。爸爸看着她一日日乖张陌生，试图弥合父女之间的裂缝，但父亲所做一切都是徒劳。曾经亲密无间的女儿，与他渐行渐远。

　　似乎正因此，爸爸和继母之间的感情却日臻紧密，继母与她亦相安无事。她是这个家的另类。但一个人时，她时常有稚气的感伤，并因伤感而回忆起童年和爸爸有关的往事。不过，她也只是默默地想。

　　十八岁，她高中毕业，考取了澳洲的大学。临走前一天，她要求和爸爸单独做一次长谈。就在那一刻，她感觉自己抽紧的身心终于可以舒展，并且有了尽情一恸的冲动。面对爸爸，她泪如泉涌，用双手捂住面颊，断断续续说出她闷在心里很久的话："其实……你一直是我最爱的爸爸，一分钟都没有改变过。明天我要离开你们了，我终于可以说出来……"原以为自己足够坚强，但最终还是免不了在最后的分别时刻，希望得到爸爸的理解。

爸爸错愕地看着她，什么也不说，泪水长流……

重新开始

我有重新开始的机会吗？语焉问镜子里的自己。

镜子里是个皮肤黝黑的小姑娘，头发粗黑，在灯光下闪着幽幽的光泽。单眼皮，像涂了一层胶水似的眯着；厚嘴唇，红里带黑，还微微向外翻。语焉清清嗓子，听到的不是柔美的声音，而是像小刀从磨砂玻璃上划过。

还有人会喜欢我吗？语焉看着镜子里的自己。

下午做值日生，语焉负责打扫一组。她拖完了地，准备去厕所冲拖把。她打开水龙头，正把拖把往水池里放，啪！自己的脑袋上落了一块湿漉漉的东西。拿下一看，竟是一块沾满污水的抹布。门外有人窃笑，"吉卜赛女郎，送你一块头巾！"是邻班的男生，那男生细眼阔嘴，顶着稀稀拉拉的黄毛，竟也有嘲笑她的权利？语焉委屈地想哭，忿忿地把水开得老大，水流像旋风一般席卷、冲淋，衣服湿透也没知觉。

语焉再也不愿梳马尾辫，而是把粗黑的头发散在肩上，遮住两颊，她以为这样就可以躲进头发里去，谁也看不见她。但是，真的能躲掉吗？

调皮的男生围着她唱："吉卜赛！吉卜赛！"他们跳着舞蹈动作，表情夸张，令人作呕。

语焉有一个黑人娃娃，像她，脸上还有雀斑。语焉要妈妈买它，是因为它的可爱。尽管它小眯眼，满脸小雀斑，但是，它永远都眉开眼笑，几乎要笑出眼泪，恨不得把你也逗笑。语焉不高兴的时候，就抱抱它，看看它。看着看着，自己也想笑起来。

语焉有时会怀疑自己是不是妈妈生的，她的身上找不到半点妈妈遗传的痕迹。妈妈大眼高鼻，嘴唇小巧，四十岁的人，皮肤还像少女一样白皙细嫩。语焉问妈妈："我是您生的吗？"妈妈一把搂过她："怎么会不是呢？"亲热的样子，假妈妈一点都学不像。

但是，语焉并不能快乐起来。别的都可以重新来过，只有容貌无法修改，无法重来。从童年到少年，语焉一直生活在丑小鸭的阴影里。她害怕与漂亮女生结伴，因为和她们在一起，更凸显了她的丑陋。语焉觉得，丑陋是她最大的敌人。尽管她学习很优秀，但不足以弥补丑陋带给她的心理上的伤害。

她从来不曾想到，这个世界会发生如此大的变化。很多年以后，语焉早已长大成人，她操着流利的英语，担任一家外企的营销主管。一次，和德国客商谈完公事，闲聊时，对方夸赞她是他见到的最美的中国女人。"美"，这个词，从小到大都与语焉无缘，它好像被冰冻在南极，现在它忽然带着温度跳到她面前，她甚至有点不知所措。那以后，她不断听到别人夸赞她美得有个性。

再次面对镜子里的自己，她疑惑了。那头瀑布般乌黑粗犷的头发，是中国人里少有的；她的黝黑皮肤，不知不觉成了时髦的标记；还有她的单眼皮，不知什么时候开始，变得比双眼皮更稀罕了；何况她还有两条长腿和娇好的身段，她的沙哑的声音也居然成了最酷的嗓音……语焉找出小时候的照片，对照现在的自己。发现自己一点都没变，变的只是她的心情和对自己的看法。

原来，不是自己变了，而是这个世界变了，是人们的审美观变了。每当再听到别人夸赞她美，她都会嫣然一笑，并且想起小时候那个对着镜子苦恼的小丫头。心里想，那时，为什么要受这么多无名的委屈呀？重新开始的机会，其实是自己给自己的。

不成熟的人仍然具有寻找替罪羊的本能冲动。只有成熟的人，才会不找客观理由，为自己的行为负责，并且，勇于承担后果。

Chapter 6

第六章

仰望幸福

我按下电话，已经很晚。我知道，即使青青选择了回家，在她和她母亲的生活中，那会依不了多不能完全不野。我真的不知道，在如今的世界给该子提供了极高率高的知没营量的同时，是否也带来了无尽的苛顷与弊病。成长中的该子有选择的权利，可是他们有选择的能力吗？将来，他们又是否能为自己的选择负责？教育者和被教育者，任何一方都不持有绝对的真理，但他们能否同时找到面往真理的道路？也许这问题留待教育研究者去考虑吧。

　　我是青青的母亲和她的母亲。她们仿佛分

环　扣　●

　　夜晚的亚龙湾海滩煽情而迷离，没有星光，海浪细声低语，远处有流浪歌手忧郁的歌声随风而送。四周无人，椰林婆娑。此情此景，温婉抒情，思绪亦如海浪，一波逐一波。

　　走在身边的是蕾。这一晚，她显得尤其多思，这样的情景，这样的海浪，是很容易让人心生感慨的。黑暗已将天空占据，却点亮了人的记忆。蕾刚刚从那个闭塞的小镇来到这个城市，谋到了一份优厚的职业，做一本时尚刊物的记者。这次，她是和我一起来海南参加新闻发布会的。

　　"这么多年，我几乎每时每刻都在为改变命运做准备。"蕾说。蕾朝海的尽头望去，她的脸在月光下泛着玉石般的光泽。她的心仿佛与海浪合流，涌向思绪的源头。

　　我和蕾早已认识的。几年前，我去那个小镇的文化馆组稿，蕾正编着一份小小的内部刊物。那时的蕾长辫盘头，目光灵动。我和他们的主编说着话，蕾在一边埋头静静地看稿，心无旁骛的样子。临走时，蕾意外地追我到楼下，递给我一沓稿子，说要我看看。她的文字带着浓浓的脂粉气，有一点怀旧和郁闷，我想起她当时说过喜欢苏童，写下的文字分明也是向着苏童的。有一晚，她来我的住处，坐在床边，说了很多。她说她只读过技校，现在正在念夜大学。按常理说，像她这样的学历能做文字工作已属不易，可我还是从她的话里听出了别的打算，只是她没有明说罢了。几年前，人的流动意识远不如现在，蕾的愿望犹如水中之月，当然不便表露，况且是对我这样一个生人。

回去后，我编发了蕾的一篇短文，题目叫《中装难过》，写的是关于着装的一些心情。蕾在电话里关照，稿费不要寄到单位，怕人家有想法。我听懂了她的话外音，像蕾这样有些不安分的人，在那个小镇上无疑属另类。那是我编发的蕾的唯一一篇稿，以后有很长一段时间，都未通音讯。过了一年，我接到蕾的电话，蕾在电话里自报姓名的方式很特别，每回总在自己的名字后面，加个"呀"。"我是蕾呀，"她说，"我已经在上海了，现在公司里做秘书。"蕾说的那家公司是家著名的房地产公司。我惊异于蕾的变化，很快又视若平常。这种变化发生在蕾的身上，有点理所当然的意思。

我和蕾在淮海路上的一家餐厅见了一面，她执意要请客。那次见蕾，她已改了发型，长发垂肩，装束和旁边的上海女子无甚两样。我心知并没有为蕾做过什么，觉得她并没有请客的理由，倒是应该我尽地主之谊才是。蕾却一再坚持地付了账。我从她的眼神里虚虚实实地窥伺到她的心思，我知道，她还在酝酿着另一种变化，只是没有言表罢了。

果然，过了数月，她打来电话，与我商量，是去某时尚杂志社还是去一家更好的大公司。我建议她选择前者，因为她更适合那种有创造性的工作，她说她同意我的建议。不久，我便收到她寄来的杂志，里面有署名的大块文章，编辑里面排着她的名字。

再以后，我就经常在各种媒体活动中遇见蕾。看上去，她活得很松弛，整个状态和在小镇上时已截然不同，那时多少是有些拘谨，现在却是一副如鱼得水的样子。

而此刻，我和蕾并肩走在沙滩上，我们的脚印是同步的。我依然在原来的状态，蕾却已经穿越了几个阶段。"每个阶段，我都有目标。几年前，你见到我的时候，我已经打算着念完夜大学就离开那里，到真正属于我的地方去。但是要改变必须做足准备，要有了资本才行，我一直在积累我的资本，伺机而动。"沉吟片刻，蕾又说，"那篇《中装难过》起了很大作用，在你们这样的大刊物发表文章也是我重要的资本之一，所以我一直很感激你。生活中的每分钟都有意义，假如那天我没有跑下楼来叫住你……"漂泊的风和浪一起涌来，在这个甜美的夜晚，蕾的话仿佛暗藏玄机。

　　我不敢接受蕾的感激，只是在用心咀嚼蕾的话。我不知道自己错过了多少分秒，细细品味蕾的变化，会发现，蕾的生活中并没有多少意外，因为每件事的发生都深具意义。冥冥中，始终存在一股神秘微妙的力量，紧紧环扣住你的过去、现在和未来。这种力量，每分每秒在每个人的身边发生。

　　过去、现在和未来互为因果，一个细小的动作都有可能对未来产生作用，蕾不过是深味了其中的奥妙。

金色的手指

教室里的光线暗淡，似有一些微尘在空气中浮动，周围的气息冷冷的。斑驳的墙壁裸露出黑黑的阴影，只有黑板上的粉笔字反射出凄白的亮光。这时候，一缕细若游丝的琴声从门边的角落里悄悄地浮出，犹如一束明媚的阳光照耀在我们每个孩子的头顶。我看见音乐老师纤长的手指如鱼儿一般在黑白琴键上灵巧地游动。在阳光里，那手指变成金色的，有着神圣而宁静的美。

我站在第三排靠左的位置上，模仿着音乐老师的口型，和着大家的声音唱一支叫《小白船》的老歌："蓝蓝的天空银河里，有只小白船，船上有棵桂花树，白兔在游玩……"忽然，琴声戛然而止，音乐老师用手朝我指了指，说："对，是你，张大嘴唱，不要怕。"琴声又响起来，可我还是听不清自己的声音，我努力在一片合唱声中辨别和寻找，我的歌声细细的低低的，总是躲在别人响亮的歌声后面。我真的不会唱歌，真的不会唱歌。这么想着，我的脸慢慢地红起来，红到脖颈，像发烧了一样。

　　轮到单独唱了。尽管我事先在五线谱旁边小心地标了简谱，可捧着歌本的手却一直抖抖索索。我的声音很不情愿地从嗓子眼里挤出来，那么平淡那么干涩。音乐老师微笑着按了几个琴键提示我，她弹琴的手指泛着淡金色的光泽。噢，我真笨，我诅咒着自己，几乎要哭出来了。

　　"蝴蝶飞呀……"一群女孩子唱着歌从我身边跑过去，她们的歌声在人群的缝隙里跳动着，那么有生气，这才是女孩的生活。我试图附和着她们唱："飞呀……"可细弱的声音只停在喉头，却吐不出来。

　　一个初二的女生却不会唱歌，我在心里告诉自己这个残酷而丢人的事实。可是，瑛子是多么让人羡慕啊。初一时，在学校的文艺会演上，瑛子站在台上当着一千多师生的面演唱《月儿弯弯照九州》。那时，她扎着根又粗又黑的辫子，在辫梢上系了朵淡紫色的小花，显得伶俐可人。"月儿弯弯照九州，几家欢乐几家愁……"瑛子把这首老歌演绎得悲悯动人。她的歌声糯糯的，甜甜的，像是放了蜜糖。动听的歌喉会让一个女孩更加美丽可爱，我坐在台下自卑地想。我不记得自己小时候是否放声唱过歌，我只记得自从懂了害羞，我说话的声音便是低低的，怯怯的，更不用说大着胆子唱歌了。我只敢在心里悄悄地唱。常常地，走路或是休息的

时候，我会静静地回想一段歌或一首曲子，我脑海里闪现着那些美妙的音符，无声的音乐在我的头脑深处奏响，是那么流畅那么欢腾。

其实，我是多么深爱着音乐！

初二时，学校里成立了乐器兴趣小组，这是一个让每个人学会乐器的机会。一连几天，班里都在议论这事儿，有的同学还兴冲冲地买来了笛子和手风琴。我兴致勃勃地加入了大家的讨论，并且鼓励别的同学参加。我对瑛子说："你有音乐天赋，一定能行！"可是轮到报名时，我自己却迟疑了，我的乐感不行吧，能学会吗？而且功课那么忙。我替自己寻找着逃脱的理由。当大家挤到前面争着报名的时候，我却悄悄缩到了后面。然而，就因为我的退缩造成了我一生的遗憾，这是我后来才意识到的。

从那以后，在很多个上完课的下午，当我掩上教室的门准备回家的时候，我都会见到一幅令人心动的风景。在教学楼下的花坛边，瑛子抱着手风琴和几个男生坐在台阶上练琴。他们已经会拉一些简单的曲子，他们的手指变得熟练灵巧了。印象最深的是那一天，太阳特别好，花坛里的一串红开得特别艳，我记得瑛子他们演奏的是最熟悉的《让我们荡起双桨》。我趴在栏杆上出神地注视着他们。瑛子的身子起伏着，双肩的摆动呈现出一种柔美的弧度，她的眼睛微闭着，像是沉醉了，又像是睡着了。悠扬的乐声轻轻地拨动着我的心弦，我看见瑛子细长的手指在阳光下痴迷地舞蹈，金色的，就连指甲也泛着莹莹的光。我被深深地震动了，悄悄地移到了走廊的立柱后面，生怕他们看见我。

是一种什么样的心理在作祟呢？我渴望音乐，又逃避音乐，因为我太看轻了自己。我将永远游离于音乐之外吗？当想到这一点，我惊得浑身战栗。我把自己远远地隔在了欢乐的人群外面，这似乎养成了习惯。后来当我长大一点，总是安静地坐在角落里，倾听别人唱歌、弹奏，即使在担任学生会主席帮助别人排练的时候，我也没有

加入到歌唱的队伍中去。有人把卡拉 OK 话筒硬塞给我，甚至把我推到台中央，我也都是抱歉地笑笑说："我不会唱歌。"生怕自己生涩的歌声会把对音乐残存的一点幻想也剥夺掉。这种状况一直持续到我大学毕业后。

在一次欢闹的晚会上，有一位我尊敬的长者对我说："唱一曲吧，会很好听的。"不知是出于对长者的回报，还是一时的冲动，我竟接过了话筒，走到了电视屏幕前。我唱的是苏芮的《牵手》，一支不知在心中默唱了多少次的钟情的曲子。我放开了胆子，让自己的声音从身体里畅快地流出来，"因为爱着你的爱，因为苦过你的苦……"我听见甜润而深情的歌声在大厅里回荡着，我的眼里噙着湿湿的泪。

我走下台的时候，长者紧握住我的手说："你唱得好极了！"我的眼睛更湿了，那块阻滞我心灵多年的磐石就这么被轻轻搬动了吗？我突然有了想欢呼的冲动。有人奏起了理查德·克莱德曼的钢琴曲，曲声柔美迷人。我闭上眼睛，久久地品味着喜悦的心情。呵，那手指，金色的手指又一次在我记忆的琴键上跳动起来，也许，它将是我一生中永远的遗憾和追求。

少女风景

　　一个春天的下午，我应约来到上海西区的一所市重点中学，那所学校有着 99% 的高考升学率，他们的管弦乐队是全市最好的学生乐团。那时候，我做着一份少女杂志的栏目主持，每个月都要找一些少女聊聊敏感话题，比如代沟，比如偶像崇拜，这一次，说的是早恋。

　　接待我的是一个扎马尾辫的女生，姓董，刚念高一。她独自一人在团委办公室等我，见了我，大大方方地介绍了自己，说老师开会去了，让我们自己聊。过了一会儿，女生们一个接一个推门进来，很有秩序地落座，互相耳语几句，然后微笑地看着我。

　　我说了话题，心里有些担心，生怕她们因羞涩而冷场。我说："你们是不是觉得早恋是一件很不好的事情呢？"

　　"没有。"她们不约而同地笑了，露出洁白的牙齿。

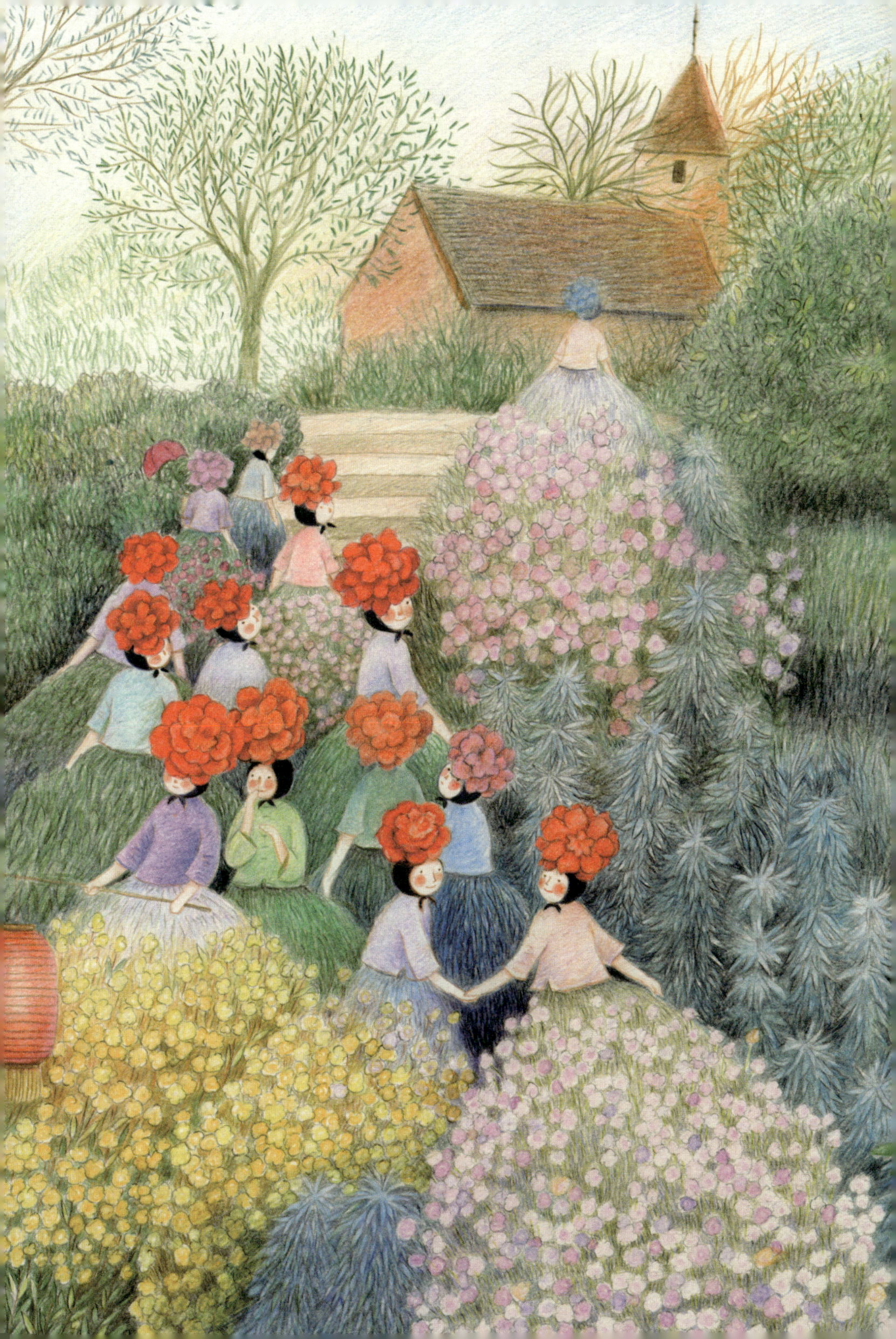

气氛慢慢活跃起来，她们争先恐后地发言，这有些出乎我的意料。

"有时候，大人喜欢用他们的想法来估计我们，男女生走得近一点，他们就用'早恋'来扣帽子，其实我们之间很单纯，哪有他们想象的那样复杂。"黎很爱笑，齐肩的头发在脸颊边一晃一晃。

"我们知道如何把握自己的言行，真正的男女生友谊反而对双方都有促进。"陆说完，用征询的目光望了望大家。

"那么，大家会不会在背后议论那些男孩和女孩呢？"我问。

"即使议论的话，也是善意的。其实，这样的友谊很美。"说话的廖个子很高，据说是学校的排球队员。

"不过，也不能排除一些女孩子缺少自信，以男生对她的关注来满足虚荣心。"董深思熟虑地说。

　　这些女孩的声音都很细，像未经雕琢的玉，完全是少女的声音。她们的脸色都是白里透红，双眸坦然地望着你，像含了一汪水。当你朝她们看的时候，她们会热情地迎住你的目光，似乎在告诉你，没有什么可隐瞒的。午后的阳光穿过格子窗棂影影绰绰地洒在少女们的身上和旁边被调皮的学生刻了字的桌子上，从侧面可以隐隐看见她们脸颊上被太阳照成金色的绒毛，她们的眼睛就在这样的光影里灿烂着，从那里面望得见苏醒的心灵和遥远的梦想。我被这样的目光慢慢浸染。

　　在少女时代，我也有过这样灿烂的目光吗？

　　那时候，我们都以听话为美德，提倡内敛和自省；那时候，男生和女生也互相好奇，但大家对异性之间的友谊都讳莫如深。我们的心里也悄悄地骚动着，不知为什么还要用一些堂皇的理由来压抑那些骚动，说一些违心的虚伪的话。

　　高二那年，我们悄悄议论着班上的凌和凯。凯是学习委员，功课很出色。凌长着俏丽的脸蛋，性格温和，只是学习颇吃力。不知何时开始，关于他们的议论像长了翅膀一样在班上甚至年级里飞来飞去。先是有人看见下午放学后，凯从凌的家出来，手里捧着厚厚的练习册；后来是凌的语文课本里不经意地掉出了凯的照片；再就是他们双双出现在学校附近的公园里，还牵着手……

不知道这些是否都是真的，女生里面神秘兮兮地交流着关于他们的消息，这些交流大半是在课间或者放学后进行的。有一次，大家留下来排练节目，是跳集体舞。男生和女生是自由配对子的，不知是有意还是无意，到最后正巧剩下凌和凯两个人，排在我后面的谨拼命冲我挤眼睛，示意我朝他们看。

　　回头一看，凌和凯的脸都涨得通红，凌垂着头，含着胸，无精打采的样子。其实，何止我在朝他们看，我感觉到许多双眼睛都在意味深长地朝那个方向瞟。目光也是有压力的，难怪他们浑身不自在。

　　排练结束后，凌一个人慢慢地走在我们前面，那时候，凌已经被孤立了，常常独来独往。不知怎的，与我并排走的谨突然冒出一句话来："还不是因为凯成绩好，想利用他！"我捅了捅谨，让她住口。可是凌显然还是听见了，她猛地加快了脚步，接着迅跑起来，一边跑一边擦眼睛。我说谨你过分了，谨一撇嘴，说，敢作敢当嘛。

　　多年以后，我回想起这件事，总是汗颜。那时候，对待凌和凯的事情，很多女生的心理是有些阴暗的，好奇是固然有的，还有一点说不出口的女孩之间的嫉妒。十六七岁的少女，心里开始有些什么东西朦胧地醒来了，却不敢承认还要压抑着，尽管有惶惑的期待和憧憬，表面上却做出截然相反的厌恶与嗤之以鼻。我们活的是多么的不真实啊！

想到这里，我忍不住问面前的这些少女："你们认为最重要的美德是什么呢？"

"真实。"董不假思索地说，想了想，又补充了一句，"活出自己的本色来，而不是人云亦云，为别人活。"旁边的女孩也颔首称是。

我有些吃惊。像她们那般大的时候，我何曾有过如此清醒的意识和自信的微笑。我从小便想做个听话的好孩子，不断地修正自己的言行以符合大人的评判标准。在许多人面前，我感到拘谨，觉得有无数双目光在挑剔我，我便在暗地里思忖自己的样子是否让他们顺眼。

我总是想做得最好，而那种"好"是别人眼里的"好"。

有一次，我参加全校的口头作文竞赛。那时，我是年级里的作文尖子，语文老师对我寄予了厚望。作文题是上场前五分钟临时抽的，题目并不难。可一进考场，望着底下密密麻麻的人头，尤其是前排评委老师期待的目光，我忽的慌了神，只开口说了一句，便满脑子空白地呆立在那儿。只看见我的语文老师在那儿焦急地望着我，用笔杆敲打着评分纸，观众的眼睛里写满了失望和意外。这些表情满满地占据了我的头脑，让我无地自容。我在一片难捱的令人窒息的寂静中逃下台来，并没有人取笑我，我却像蒙受了奇耻大辱。那种感觉持续了好多天，仿佛别人都在用异样的眼光看我，连走路都不自在。

如果把我的这些经历告诉面前的表情轻松的少女们，她们会不会觉得很奇怪呢？眼前不断闪过她们的微笑以及说话的姿态，还有她们站起身来细长而健康的侧影。据说，如今这个年龄的女孩长到一米六五以上只能算中等个，在我们那个时候，这么高的女孩一定是排在队尾的了。

那次愉快的谈话给我留下了深刻的印象，我忽然感到今天的少女和我的少女时代有着那么多的差别，尽管我们的年龄并不是相差很多。也许是这个时代给了她们尽情绽放青春的自由和勇气，而过去被视为美德的一些品质在今天正慢慢发生着评判标准上的变化，比如听话，比如过分的谦逊，比如自我实现，比如克制和内敛。在以后和少女的几次接触中，这种感觉渐渐地清晰起来，当我看见她们的时候，总是想起过去的自己，每每有重活一次的冲动。

这是一群来自职业学校的少女，她们被老师带来参加青少年发展中心的询谈，我恰巧在那儿，便和她们聊起来。老师是刚从师范大学毕业的大女孩，戴眼镜，和她们坐在一起，几乎看不出谁是老师谁是学生。和重点中学的孩子相比，她们身上似乎多了一点气质，我想了想，觉得那应该是一种安然和满足，因为没有繁重的学习压力，她们便少去了这个年龄的孩子最大的心理负担，于是有了更多的心力来实现属于她们的梦想。

正是夏天，她们都穿了薄薄的裙衫，露出细细的胳膊和健美的腿，一脸灿烂纯真的表情，说话又急又快。她们肩挨着肩坐在黑色的皮沙发上，你一言我一语地描述着自己的生活。

那个皮肤白净爱抿嘴笑的女孩是团支部书记，她刚刚有些腼腆地承认自己和班上唯一的男生很要好，其他的女孩转过脸望着她，微笑着，眼神很澄澈，没有属于成年人的那种猜度和阴暗。她们向我解释说，那个男生在班里很孤独，团支部书记是帮助他呢。

趁老师走开的时候，团支部书记舒展了一下身子，对我说："我们老师平时和我们一样，还像个孩子，大家都不怕她。"还特意加了一句，"老师的爸爸是大学教授。"挺佩服的样子，那神态又像是在说自己的某个同学。

记得我小时候对老师总隔着一层距离，除了尊敬，崇拜，还有一点神秘感。对那些学识渊博为人师表的老师更是这样了。

初一的时候，我和我的好朋友铃儿都喜欢着我们的语文老师阳，那是一种很深很深的喜欢。阳正值中年，端庄而亲切，她只教了我们一学期，可是我和铃儿都牵挂着她，我们对阳的感情就像今天的少女对偶像一样热烈、执著——那时候我们没有可以崇拜和迷恋的偶像。我们在休息日的午后，偷偷去公园冒着罚款的危险采来了带露水的鲜花，悄悄地插到老师家的门把上；当阳在教工运动会上获得长跑冠军以后，我们又寄上一封匿名的祝贺信；许多个黄昏，我们徘徊在老师家附近鹅卵石铺成的甬道上，一次又一次地抬头，期盼着阳会突然出现在摆满鲜花的阳台上……那种快乐隐秘而且满足，我们在心里编织着遥远的灿烂星辰。

年轻的老师走了进来，少女们并未因老师的出现而显得拘谨，该笑的还是笑，该说的还是说着话。老师无声地在沙发边的椅子上落座，一脸好奇地瞧着她的学生。那个穿格子裙子的女孩提高嗓音宣布说她很快乐，习惯于一个人在家看书听音乐，从来不感到孤独，甚至有离开父母独居的冲动。旁的女孩没有表示同意也没有反驳，有一个皮肤黝黑看上去很温柔的女孩慢悠悠地说，并不是所有的孩子都像她们一样松弛，重点中学的学生有沉重的升学负担，而她们则不用过多地担心前途。

"你们以前也像我们这样吗？"团支部书记冷不丁地问我，她的鼻尖上沁着细细的汗珠，我发现她每每说话都是微笑着的，这是一种很好的表情。

我犹疑着，不知该如何回答。如果我简单地说"是"或者"不"，那都不是圆满的答案。任何时代的少女都似出水的芙蓉，只是有的沉重，有的轻盈，而今天的少女正在慢慢走向清澈和无忧。

　　也许我是否回答她们都不是很重要的了，见我迟疑，她们自然地转换了话题。眼前晃动着她们容光焕发的脸庞，耳边跳动着溪水般透明而晶亮的声音，这一切，让人想到春光乍泄，想到暴雨后横跨天边的彩虹，想到树林里晨雾中沾着露水的竹笛声……哦，不，都不是，少女，本就是一道风景，还有什么能与之相比的呢？

孤独是什么

　　我一直很想讲讲芦苇和她母亲的故事。一对平常的母女，有着平常的烦恼，这烦恼关于各自的孤独。

　　孤独是什么？

　　真正的孤独不是一人独处时的寂寞和惆怅，而是身处人群中，或者面对熟悉的人，却无法倾听与表达。就像一个流落于荒岛的人，远远看见渐近的航船，歇斯底里地呼喊求教，却无济于事。航船渐行渐远，消失在海的尽头，只剩浪涛拍岸……这之后的才是深刻的孤独，侵入骨髓，并伴随着萧瑟的绝望。

　　当然，我并不希望你们过早地体味孤独的滋味，但未必说，你们一辈子都不可能遭遇这样的经历。只要是精神丰富的成长着的人，往往难逃这样的阶段，重要的是懂得排遣与释放。

　　眼下，芦苇和她的母亲就遇上了这恼人的麻烦。

我和芦苇的认识

我和芦苇的认识极富戏剧性。很多年前，我的长篇幻想小说《纸人》再版，出版社约请我和其他一些作者去上海西区某校和学生座谈。

那是一所民办中学，借用的是某进修学院的校舍，校门口挂着好几块牌子。乍一看，就显得有点不伦不类。校园不大，红砖楼房，也许是刚刚考完试的缘故，里面冷冷清清，透着点蓬勃的落寞。

会议室里已坐了好些人，女生居多，男生三三两两地插在其中。看到我们进来，依旧说话喧闹，丝毫没有生分的拘谨。座谈开始，惯常地自我介绍，提问，讨论。气氛不算热烈，问题也不痛不痒，不知不觉已到尾声。

这时，却出现了一个小插曲。有一个女生举起手，然后提了个关于人生选择的问题，她的表达并不流畅，也不明确，语速仿佛被思考阻塞着，说着说着，眼睛红了，禁不住地流泪。看得出，她正被某种压力纠缠着，身处混沌，且难以自拔。但又出于自尊，无法鲜明地描述她的处境，这使得她的话听起来有点云里雾里，不明所以。

我忍不住要注意她。她穿一件小红格子衬衫，米色短裤，天然卷的头发，在脑后扎成一束，白皙的脸上架一副黑边窄框眼镜，略显忧郁和神经质，竟有一股女哲人的气质。也许是出于恻隐之心，在座的每位作家都针对她的问题说了两句，因为目标不明，那些话也大多没有说在点上。我也说了，大意是当你走过人生更多的岁月以后，你会发现没有什么沟坎是过不去的，眼前遇上的难题其实未必有想象中那样严峻，不如看淡了它。也是泛泛之谈。

事情就这么过去了。生活又恢复了忙碌单一的状态，偶尔，我的脑中会飘过那女孩的影像，会停下来想一想她。我在回忆，在她那个年纪，我有没有过相似的苦恼和折磨？答案是没有。苦恼虽有，但不足以深刻到盘桓心灵，挥之不去。又过些时日，我也就将那女孩彻底地忘了。

没有落款的信和无名电话

大约过了大半年，我接到了一封信。信封上没有落款，字迹有些天马行空的意思。那信也和信封的风格一致，简单一张白纸，多用短句。开门见山说，给我写信想了很久，终于还是决定做这件以前不齿的事情。因为在她以前看来，给作家写信表达敬慕很是小儿科，所以给我写信在她是破例是意外。但是她真的喜欢我的《纸人》，发自内心的喜欢，况且那天见到我，我的劝慰尤其令她心暖。于是，在她无法排遣孤独的时候，想到了我。

我很容易地记起了她，那个有哲学家气质的女孩子。信里并没有具体内容，只是抒发情绪，且无落款，我也只能搁在一边。又过几天，转进来一个电话，那头是陌生的女孩子的声音，她说："我给你写过信，现在我就在你楼下，可不可以上来看你？"我问："前几天，有个女孩打来电话，说到一半就挂了，是不是你？"那边吞吞吐吐了一会儿，说："是"。我说："我当时问你是不是那个提问的女孩，为什么否认？"那边不置可否，犹豫了一会儿，说："对不起，我撒了谎。"心想实在不忍让那女孩尴尬，便请她赶快上来了。

很快，她就出现在我面前，和我印象中的已是判若两人。倒不是她长了个子，抑或变了长相，而是她的发型和打扮。原先的马尾辫不见了，代之以一头寸发，黑色 T 恤和短裤，全然男孩子的模样。待她坐下，我才第一次看清她的脸，很白净，没有戴眼镜，但那双无神的眼睛还是透露了她视力的缺陷；鼻梁挺直，人中比较长，笑容有点紧张，说话时不敢与人对视。

我很容易地联想到她上回的痛苦处境，问她困难过去了没有，有意没问具体是什么困难。她含糊地说，没事了，已经过去，现在一切还好。尽管她表情轻松，我仍然感觉她正被无形的难题困扰着。就这么不咸不淡地聊了一会儿，她就起身告辞，说还要去美术馆看展览。我也不再留她。这次交谈使我加深了对她的印象，我感觉她是个智慧不俗的女孩，读书不少，文史哲都懂一些，尤爱艺术。知识面和思考的深度都在同龄女孩之上。我在她那个年纪仍是懵懂不知，被一派美好的想象浸润着。而她，要比我那时活得更现实，当然，也更矛盾。

她就是芦苇。

芦苇的故事

也许觉出我对她的欣赏，自此，芦苇常常成为我办公室的不速之客。即便我不在的时候，桌上也会留下一些她的痕迹，比如一张字迹潦草的便条，一条德芙巧克力，一只玩具斑点狗……都有创意。有时，她忽然地就吸着奶茶出现在我面前，依然是漫不经心的表情，用漫不经心的口气讲述她的一些困惑和迷茫。

我破碎地了解到她的情况，再断断续续地拼接起来，芦苇的背景大致如此：上小学和初中时她还是个人见人夸的好学生，热爱学习，踌躇满志。中考时却出了意外，掉出重点线老大一截，父母费了很大功夫让她进了现在这所民办中学。可心高气傲的她实在不能同这里的环境相适应，她不喜欢这里懒散的学风，自己却时常逃学；不满足老师课堂上的教授，不读课本，却徜徉于课外书的海洋；别人选她做了班长，她偏偏弃"官"不做，宁愿做个游离于集体之外的分子；明知父母爱自己，却不能按他们的意愿行事……所有的言行矛盾地集结于她一身，难怪她那么焦灼恍惚。"我的身体里总有两个人在说话。"她说。

我理解她内心的矛盾与冲撞。其实每个人都一样，即便成长了的人，身体里都不可能只有一个声音。善与恶，背叛与顺从，饥渴与满足，平静与焦灼……总是时时刻刻相克相生，相依相伴。然而，所有的起点与归宿都决定于我们的选择。我记得《哈里·波特与密室》中魔法学校的校长便有一段经典之言："使我们成为什么样的人的，不是我们的能力，而是我们的选择。"而困扰芦苇的，恰恰是关于"选择"。她的成熟在于她比别人更早地体悟到选择的重要，但她无法获得左右自己的选择的能力。烦恼与痛苦便因此而生。

我说的所有的道理，芦苇都明白。但这些道理无法切实融入她的血液，为她真实地接受，她必须靠自己的能力来摸索和判断。可是，这需要怎样一个过程呢？未可知，或许短暂，或许漫长。

我知道我无法拒绝这样一个女孩的信任和依赖。我尽着我微薄的力量。但这无济于事，她的孤独来自她内心的深处，无处排解。

我没有想到，有一个人，其实比芦苇更痛苦。

芦苇的妈妈

有一天，我接到了芦苇母亲的电话，那是一个有教养的节制的中年女性的声音。听得出，她努力控制着自己的情绪，但仍掩饰不住话音的颤抖。她似乎正被某种巨大的力量压迫着，有一种无所适从的张皇。

"我想，只有你能帮我，我千辛万苦才找到你的电话，"她说，"芦苇总是说起你，她那么在乎你……"

我说，不知道我能帮着做什么。

"只有你能开导她，劝劝她。她不想去上学了……"

几天后，我见到了芦苇的母亲。她穿紫色羽绒服，肤色苍白，眉头微蹙，忧心忡忡的样子。她说的内容与芦苇对我说的大致相似，但这些话从一个母亲的角度说出来，更令人同情。她说芦苇曾经出走未遂：上初中时，就揣了钱想出走南京，结果去外公外婆家告别时给截住了；因为上课老是心不在焉，她主动要求母亲带她去看心理医生，但无济于事；上高中时屡屡逃课，放着课本不念，沉迷于大部头的文史哲书乐不思蜀。眼看着红灯越开越多，做母亲的不得已收了她的电脑和闲书，让她好好温课，她却没事人似的，又剃头发又穿耳洞。"芦苇小时候是个特别乖的孩子，很听我的话，不知道为什么现在会这样……"说到这里，芦苇的母亲哭了，有种小孩子式的无助。

我答应她好好和芦苇谈谈。其实，我明白，谁都无法更改他人已经选择的道路，至多只能是影响，而不是代替她选择。但既然答应了芦苇的母亲，我就必须履行我的承诺。而且，还要瞒着芦苇，她母亲曾经来找过我。

元禄寿司店

我在编辑部附近的元禄寿司店里约了芦苇，她兴高采烈地来了。起初的交谈很是随意，很快就引入了正题。我并没有石破天惊的劝说人的理论，我只能说，为了将来获得最大限度的自由，从事自己喜欢的事情，现在必须让自己去做不愿意做的事，比如，上不喜欢上的课，学不喜欢的功课，参加必不可少的考试，高考，然后，考上理想的大学。就像一株成长的树苗，先得由人剪接，按既定的模式生长，将来才可能真正地枝繁叶茂。

芦苇抬起那双细长的眼睛看了我一眼，心悦诚服地说："我明白这道理，我回去想一想。"

那回，芦苇吃得很欢快，吞下了不少寿司，还吃了一大碗日式牛肉面。

在隔天的电话里，芦苇告诉我：她想通了，好好学习，准备考上理想大学。她的梦想是北大的哲学系。为了这个目标，她愿意卧薪尝胆。

我悬着的心稍稍放了下来。可另有一个担忧，我觉得芦苇和她母亲的痛苦，其实是来自她们彼此间的难以沟通，随着芦苇年龄的增长，这层屏壁越来越厚，直至无法洞穿。这才是问题的症结。我的这次谈话根本治标不治本。

然而，芦苇的母亲却从此没有出现。

又过了一段时间，期末考过后，芦苇神出鬼没地在我面前晃了一枪。我曾许诺她，如果她考试顺利，我请她看达利的画展。芦苇来，无疑是要我兑现我的诺言的。

"我都过了，没有红灯。"她得意地说。

凭我的直觉，她有比较优秀的资质，考 60 分的目标实在是志向短浅了些。我很想让她再奋发一下，但是，徜徉在灯光幽暗的展馆里，面对那些流淌的时钟、抽象的人形，我实在说不出那些教条的话来。我不是专业教育者，但我还是感受到了教育的无能。芦苇对达利的画作侃侃而谈，弄得我倒有些语拙。

走出展馆，眼睛一时无法适应耀眼的光线。我眯着眼睛看见芦苇神清气爽的样子，她刺猬般的短发在太阳底下闪着光，一根根，让我想起童年时常在田野边见到长着硬刺的苍耳，不伤人，但是倔强而任性。

分手时，她信誓旦旦对我说：下学期，一定好好学习。毕竟，她要上大学。

芦苇要出走

我信了芦苇。以后，很久没有她的音讯，想必她是生活平静，但愿她那操心的母亲能就此安心。

大约又过了几个月，到了中考的时候了。有天晚上，我意外接到芦苇的电话。她说她正在同学家里，刚才和母亲发生冲突，跑了出来，今晚不回家了。我问冲突因何而起。她说她又开了几个红灯。我说你为什么不遵守诺言。她说，我是想做来着，可不知怎么的，念着念着就不想念了。

那时正是非典时期，外面危机四伏，我说你准备去哪里？她说她当然不可能在同学家久留，也许去找个旅店之类的地方。我说你千万打消这个念头，回家去！她在那边苦笑。

眼看劝阻无用，我说那好，现在你可以花一个小时考虑是否选择回家，决定权由你。你要明白，你可以不履行对别人许下的诺言，但必须尊重你自己的选择，你不是个小孩子了，你早已过了16岁！

我搁下电话，思绪纷乱。我知道，即便芦苇选择了回家，在她和她母亲的生活中，仍会纷争矛盾起伏不断。我真的不知道，当如今的世界给孩子提供了极端丰富的知识背景的同时，是否也带来了无尽的麻烦与弊端。成长中的孩子有选择的权利，可是他们有选择的能力吗？将来，他们又是否能为自己的选择负责？教育者和被教育者，任何一方都不持有绝对的真理，但他们能否同时找到通往真理的道路？这些问题留待教育研究者去考虑吧。

我关心的是芦苇和她的母亲。她们仿佛各自退到世界的两端，互相遥望却无法沟通。恰如那部叫《青少年哪吒》的电影里描绘的，孤独就是别人不愿与你交流，你不知道怎样和别人交流，或者，你根本不知道想要些什么。孤独的后果有两种，一种是放浪形骸，另一种是在沉默中苦守。

芦苇和她母亲属于哪一种？

成熟的第一步

　　邻居小孩乐乐刚刚学会走路，每日在家里"笃笃笃"走得跌跌撞撞、饶有兴味。那么小的一个小孩，还不及凳子高，细胳膊细腿的，连嘴巴也小到只有拇指尖大。她在那里走，仿佛活的卡通片，冷不防就扑到大人怀里，你也忍不住要去抱她。多可爱！

　　有一天，乐乐又在家里练走路。一不小心，扑通，被小椅子绊了一跤。乐乐哭了，妈妈拎起小椅子，啪啪两下，打在小椅子上，佯装骂道："破椅子，都是你，把我们乐乐绊倒了！"

　　其实，这样的场景我们很熟悉。在我们小的时候，每每自己出错，大人就会迁怒于没有生命的东西或者无辜的旁观者，唯独不怪罪自己的不小心。但是，如果把这种习惯带入我们的成长，也许就是件麻烦事了。我们见了太多无视自己的过错，而将责任推卸给别人的事情。现在，我们可以怪罪家长、老师、学校、教育制度、环境，将来可以怪罪丈夫、妻子、子女。有必要的话，还可以怪罪祖先，甚至是命运的不公。就连亚当也曾经怪罪夏娃："由于她的引诱，我才吃了禁果。"

长不大的人，总能为他们的失败和缺点找到理由。没错，他们的智商不如人，童年体弱多病，家境不够富有，父母对自己的管教不够严厉等等。

我有一位女同事，总是抱怨自己事业上的不顺利。大学毕业没有找到一份好工作，后来有了一份好工作，又抱怨没有一位好上司，以致她的能力不能正常发挥。到了三十多岁，依然没有找好职业的定位。运气不佳，她说。而我却想，其实她没有珍惜她所得到的一切，是在为自己的懈怠寻找理由，而不是设法克服眼前的困难。

为了逃避自己的过失、责任，通常情况下，我们总是在周围的环境上找原因。如果连对自己都无法承担起责任，也许就不能说我们是成熟的，是长大的人。怪不得，在成人世界中，仍然有那么多没长大的人，他们始终无法勇敢地承担起责任，并且正视自己的弱点。

我常常会想起那个叫小旭的 16 岁少女。很多年过去了，她留给我的印象一点没有淡去。

她在一所重点中学念高一，她的班主任告诉我，在有些方面，连老师都比不上她。这让我很好奇。

　　班主任说了一件事。学校开主题班会，要求家长也参加。小旭同学的家长大都职业体面，衣冠楚楚。只有小旭的妈妈是个特例，她身材十分矮小，脸膛黑红，因为患过小儿麻痹症的缘故，走路一瘸一拐。她穿了件老式的格子西装，因为年代久了，领子和袖口那里都有点起毛、泛白，但这无疑是她最好的衣服。

　　小旭扶着走不稳的妈妈，上了讲台。大家都看到了这个女孩子脸上的神色，没有一丝一毫的犹豫、隐讳，那么的透明坦然、阳光灿烂。上了台，她微笑着向众人介绍："我妈妈，在××饭店洗碗。""她的心思竟是如此的干净，没有一点虚荣心，平日里，她总是那么坚强乐观，连我也做不到呀。"班主任说。

　　班主任的话引起了我的同感，我便想见见小旭，顺便采访她。一天晚饭后，我按小旭给我的地址找到了她位于苏州河边的家。那是一栋上海常见的新式里弄房子，很多户人家合用一间厨房，小旭母女占了二层半楼的一间小小的亭子间，只有 8 个平方米，放下衣柜、床和桌子，连转身的余地也没有了。小旭一个人在家，正在一盏凄白的灯下写作业。电视机罩了套子，束之高阁，不看了，为的是省电。唯一可以用来娱乐的，就是放在桌子一角的一台老式的收音机。

　　小旭告诉我，父母很早就离婚了。妈妈下岗后，看过自行车，两人一起卖过牛奶，现在，已经不是她们最艰难的时候了。最苦

的时候，她们只能用酱油和糖下饭。小旭说着，脸上没有凄苦委屈的神色，像在说一件极其平常的事。然后，她下楼给自己做晚饭。晚饭端上来了，是一碗放了几根剩菠菜的方便面。小旭吃得很香，边吃边和我说话。

她回忆幼年时父母离婚的情景，母亲是如何将她艰难地带大，她如何穿着旧衣服去上学被同学耻笑，母亲又是如何教她乐观坚强。她津津乐道于自己来往于旧书摊"淘"旧的参考书，长这么大她还没拥有过一本新的参考书……她如此地珍惜现今的生活，并且对自己的将来充满了信心。我知道，小旭的成绩一直出类拔萃，在别的同龄人被家人宠爱的年龄，她已经学会了做家教，减轻母亲的负担。

在那一次，以及以后的交往中，我从未听小旭抱怨过她贫寒的家境，相反，她对此充满了感激："妈妈让我有机会感受磨难，某种程度上，我是幸运的。"

在一般人看来，小旭有太多可以怪罪的

东西，父母的离异，母亲的残疾，家境的穷困，窘迫的学习条件……她有太多的借口来为自己开脱，可她为什么没有？我想，那是因为她早早获得了心智上的成熟。果然，中学毕业，她免试直升清华大学。她曾经说过，要考硕士、博士，如今，她该大学毕业了。我已很久没有和她联系，但我相信，她会像她说的那样，会活得"很好"。

据说，英国历史上都铎王朝的王子有自己的"替罪男孩"。幼年王子无论多么调皮，都不能打他，而是花钱雇来几个小孩，替王子挨打、受罚。如今，这一传统早已消亡。但是不成熟的人仍然具有寻找替罪羊的本能冲动。只有成熟的人，才会不找客观理由，为自己的行为负责，并且，勇于承担后果。

你希望成为这样的人吗？

看缓行的车窗外低矮秀气的泰式房屋，那时那刻都渐渐带了平和的心情。想到连暗波汹涌的海都能以平静的面目示人，那颗心也便慢慢地沉了下来，静听远处拍岸的浪涛……

Chapter 7

第七章

聆听世界的心跳

于是，探究的欲望还未全部地满足，旅程已在飞机的起降间结束。

　　火车就不一样了。

　　在某种意义上，火车是平民式的，裹挟着人间烟火的热气，听得见女人的笑声和婴儿的啼哭，人的层次也更丰富。若是长途旅行，就更像是在过日子了。火车几乎可以实现所有家常生活的乐趣，不仅学会了阎静的惊栗和松弛，还带上了多阶段式的情趣；打扑克的、聊天的、结识新主人的；叫卖着小吃零的；沉思默想的；一见钟情的……一趟旅行就是一了远伸的过程。

自然博物馆猜想 ●

在自然博物馆里，最欢喜惊诧的，大概不是老老少少的参观者，而是那些穿越亘古伫立在此的马门溪龙和黄河古象们——假如它们有生命的话。

至少，我相信它们是有生命的。

有人听说我去了新开馆的自然博物馆，看了我拍的一些蝴蝶变色龙天堂鸟照片，评价道：如果那些小动物是假的，"自然"二字打了折扣。我回应道：要看真的，可去动物园或者植物园，好在里面还有真的，比如那只变色龙。

话虽到此打住，却因此生出一个疑惑：自然博物馆和动（植）物园的区别究竟在哪里？

前者展示的多半是死去的灭绝的动植物（虽然为了增加生趣，偶尔也展示活着的稀罕小动物）；而后者展示的是活着的当下的动植物，我们只看到它们的现在，看不到它们的过去，更见不到它们的未来。虽然后者活龙活现，生动亲近，很能讨取人们的欢心，但就其神秘幽玄、激发人的想象力和创造性方面，一定是前者更胜一筹的。

自然博物馆的奇妙在于，时空错乱、古今共存、世界大同。当生活在侏罗纪的马门溪龙和第四纪的黄河古象并排站立，当来自深海的鲸鱼和非洲狮北极熊同处一室，当明代古尸和来自新疆的哈密女尸平行而卧，莫名地会让人有一种不可思议恍如隔世的玄妙感觉。小孩子恰恰最迷恋这种感觉，如梦似幻，真假难辨，迷迷糊糊地就要撞入那道深不可测的神秘隧道里去了。

所以，很多长大了的成年人说，那栋位于延安东路 260 号的六层英式建筑（上海自然博物馆旧馆）曾是他们儿时最迷恋的地方。他们曾经在那里看到了在这个真实的世界上看不见的东西，听见了现实中听不见的声音。

自然博物馆里展示的一切都是无声无息的，然而事实上，那里众声喧哗，那些声音夹杂着来自远古的叹息、遥远的海浪、原始森林的涛声、鸟兽的嘶鸣、冰层的碎裂之声、弱肉强食的拼杀哀嚎……

那里，也不是静止的。面对一座巨大的恐龙骨架，恍然觉得那关节正在铮铮作响，眼前的巨兽即将奋蹄狂奔。而那袒露着内脏的标本马，仿佛刚刚从马厩牵出，鼻息温热，口中尚带干草的余香。至于许氏禄丰龙、准噶尔翼龙、玄武蛙、鱼龙、雷兽、巨犀们的化石，只需凝神打量，便会有强烈的穿透感，顿觉时空隧道的凉风瑟瑟作响。你尽可以想象自己骑上一匹古兽，穿越丛林，隐入时间的深处。是的，这些化石与骨架早已被岁月风干，肉身尽失，偏偏，让人相信，至少让孩子们相信它们依然有生命。它们穿越了时间的风尘，没有化作齑粉，却以如此鲜明耀眼的形象与数百万年甚至数千万年后的生物共存——能说它们没有生命吗？

假如我是一个孩子，一定会迷恋自然博物馆胜过活生生的动（植）物园。我来这里穿越、探险、冥想。我不需要打打杀杀、蹦跳奔跑，我的想象之翼早已带我深入远古、潜入深海、探进丛林、飞往高空、航向冰川……我不需要讲解员一板一眼讲解，更不愿排着长队亦步亦趋，只想静静地和那些骨架、化石、标本、干尸直接对话，或者，独自一人在想象中的幽谷和海域穿行。我想听见海浪声与鸟兽呢喃，想闻见原始的草木气味，想看见别人看不见的时间尽头，也想让明代的尸体开口说话——这听起来有些可怕，可是，我一点都不怕，因为想象王国是世界上最瑰丽的王国，你们这些大人到不了那里，无法体会它的美妙。

　　而在这里，在自然博物馆，一个孩子的所有期盼都可以实现。他决不会满足于照本宣科的讲授，他更希望偷偷藏在博物馆的某个角落，当灯熄人散，才悄然出动。他会加入活起来的马门溪龙、黄河古象、剑齿龙们的队伍，经历类似电影《博物馆奇妙夜》里的惊险之旅。那个孩子心中最完美的场景应该是：当星光透过玻璃屋顶洒下，博物馆厚重的大门无声洞开，他骑着马门溪龙，率一众远古动物破门而出，来到灯火通明的城市中央，作一场惊天动地的夜的巡游……这个巨大城市会在这一刻阒然安静，所有人将向它们投以注目礼——不是惊惧和猎奇，而是深深的敬畏。我们应该敬畏这跨越千万年的生命聚首，它们不仅是骨架，只配存放在博物馆里供人观赏，它们是有生命的——只要存在着的，就无法忽视它们的灵性。如此想来，这跨越千万年的聚首怎不叫人生出唏嘘与感动呢？

所以，假如我带一个孩子来到这里，我会放开他的手，对他说：去吧！去看，去想，去尽情地游历吧！我不知道他什么时候玩够，没准，他会缠着我一遍又一遍地来。正像我小时候对于博物馆的感情——这是一个万花筒，更是一个无底洞。

无目的旅行

常常出门，千里之遥的路途，远离凡尘的云端，却很少有东西令我印象深刻。人和人近在咫尺，两颗心却远在天涯。只记得邻座的男人或女人，或优雅或粗鄙的姿态，咖啡的幽香，以及航空食品单调的滋味，而那些人的脸却永远隐在记忆的背后，没有轮廓，没有表情。当然，也不会有故事。

飞机只是一个单纯的载体，只重目的，不重过程。因为它不提供环境，你自己就是一个环境，是一个孤立的社会。你当然有探求的欲望，比如说坐在你身边的那个戴银手链的女子，她始终不离手的素色封面的小说书，还有挂在胸前的精巧的银壳手机。银手链、小说书、手机都只是一个符号，你真正感兴趣的是隐藏于符号下的女人本身以及她的故事。可是，环境不允许衍生故事。因为匆促，也因为环境造就的人与人之间的隔膜：冰凉的扶手、被安全带束缚住的身体、逼仄的空间，以及莫名优越感下的矜持和冷漠。当然还因为有一个巨大的明确的目的在等你，你的旅行就是为了奔赴目的而去的，目的需要实现，而不是体会和品味。

于是，探究的欲望还未全部燃起，旅程已在飞机的起降间结束。

火车就不一样了。

在某种意义上，火车是平民式的，裹挟着人间烟火的热气，听得见女人的笑声和婴儿的啼哭，人的层次也更丰富。若是长途旅行，就更像是在过日子了。火车几乎可以实现所有家常生活的乐趣，不但保证了用餐的规律和松弛，还带上了郊游式的情趣：打扑克的，聊天的，结识陌生人的，观赏窗外风景的，沉思默想的，一见钟情的……一趟旅行就是一个延伸的过程。不管有没有说过话，有没有对视过，但至少，都悄悄地互相探求过，下车前，心里暗暗一笑，我知道他是做什么的了。充足的时间和空间，可以让思维的节奏在列车车轮声里变得清晰，变得舒缓，并且，给观察陌生人提供了充足的掩护和理由。

比如看你对面的那个女孩儿，她化了浓妆，穿着仿皮的短裙，一直细心地剔着自己的红指甲。她看男人的眼神是厌恶的，她会觉得他们很脏或者很"色"，可你还是能感觉到她身上的风尘味。有的男人就会想通过怎样的方式才能消除她的这种讨厌，或把她的心情给捋平了，平和之后是否能对她有所幻想，可往往这时候火车到站了，她转身走了。

火车就是这样一种过程的感觉。它提供了环境和时间，把人探求、期待或渴望的时间延长了，所以才会发生故事。故事的副产品是激情，而激情恰恰是期待和渴望综合而成的产物。

　　现代化的进程把人与人交往的过程省略到了极简，当飞机替代了火车，平淡苍白也将逐渐替代故事和激情，可人却是盼望着激情的。这便是现代和原始的矛盾了。

　　在美国，同样的旅程，乘火车要比坐飞机昂贵。火车的车厢奢华，座位可以自由调试角度，面朝车窗，窗外美景尽收眼底。能有时间和心情坐火车的人，是值得被人羡慕的，因为他们还能从容体会生命的过程，享受旅行的乐趣。当然不是有意识地期待故事的发生，因为过程本身就如同一个抒情的故事。

杜鹃花事

　　嘉善有西塘，却不知，还有一处唤作"碧云花园"绿意葱茏的所在。

　　四月里，看过蓬蓬的樱，又要去赏碧云花园的杜鹃。等了一个月，想那杜鹃定是烂漫满山坡了。印象里，杜鹃盛放之时，锦簇云绕，抑或星星点点。那蓬蓬勃勃的生命景象，和"杜鹃啼血"哀怨凄悲的意境完全没有牵连。可偏偏，关于杜鹃的诗句，印象最深的，就是唐代诗人成彦雄那一句："杜鹃花与鸟，怨艳两何赊，疑是口中血，滴成枝上花。"这滴血而成的花，该是娇弱浅淡的吧，又或者，让人泛起黯黯春愁，何来那般恣肆张扬的欢乐呢？

　　花事匆匆，零落凭谁吊。赏花，并不是一件欢天喜地的事。比起枝头的盛放，更偏爱落红成阵的美。杨柳带愁桃花含恨，花落花飞飞满天，那缱绻的哀愁才真的叫人迷恋。

及至见到碧云花园的杜鹃，一惊，又是一喜。

惊的是，全然不是想象中的模样，哪里有满山满坡的铺展怒放？那杜鹃，长在盆里，没有张扬的浓艳、故作的娇媚，倒显得轻盈含蓄、淡雅纤弱。喜的是，眼前的景象，正应了心中盘桓已久的对杜鹃的想象。

这些盆栽的杜鹃，有着并不浪漫的名字，东鹃、西洋鹃、夏鹃、毛鹃，多半经过了嫁接与修剪，一株花枝上同时绽放两种或三种不同颜色的花朵。粉中带白，或黄绿相间，亦有变化万千的红——火红、桃红、墨红、朱红、水红、橙红……或单瓣，或重瓣，花开得精细而节制。仿若有一个画者，拿起饱蘸颜色的笔，往花枝上轻轻点染，一点一点，一片一片，越益细密，却永不相触相叠。又从花蕊里抽出细长的花丝，渗着似有似无娇嫩的绿，叫人忍不住疼惜。

不似山上的杜鹃，据说这些盆栽的杜鹃性喜阴凉，需得湿润的空气来滋养，施的肥不能太浓又不能太淡。如此品性，正适合江南温润含蓄的水土，配得起烟雨廊桥、深弄窄巷。繁盛时，自然也是花满枝头，毛鹃更是被修剪成瀑布状，层层叠叠，绵绵延延。但比起印象中高山草甸之上的杜鹃花，终究是温柔婉约，夹着袅袅淡淡的香……

不忍看杜鹃的落花。花落尽时，该是春的尽头。在花谱里查到，杜鹃的花语是"节制"。因为它只在自己的花季中绽放，即使它总是给人热闹而喧腾的感觉。而真正的杜鹃，正是我所见到的，那般的细弱淡雅、含蓄谦卑。当不是花季时，它深绿色的叶片便默默地成为庭院中的矮墙或是屏障，安静地等待下一个春天的绽放。

"冰川来客"

　　那年，那个著名的国家级冰川公园尚在筹建中。盘山公路一派泥泞，山上的旅游设施也陈旧简陋得很，尽管如此，我们这群贪玩的人还是骑马上了山。7个小时后，终于到达四号营地，按探险俱乐部的安排，今晚我们得睡在山上。

　　所谓的营地，不过是几排木屋，用水、如厕均在户外，橡胶水管架在一根树杈上，是山上接来的雪水，冰寒刺骨，日夜奔流。木屋里有两张木床，被褥的颜色早已模糊不清，不知积了多少人的陈年油垢。营地只来了我们这群人，夜阑人静之时，唯有潺潺水声，倒也有番诗意。

　　刚刚歇下，就有人起了高原反应，发起低烧。于是，七八个人都聚到一个木屋，既是慰问，也打发了寒冷和寂寞。聊兴正酣时，有人打了个呵欠。这疲累是可以传染的，很快，一个个也都觉得困了。旅途劳顿，身体和头脑都处于缺氧状态，哪怕那床褥再脏，也不得不去上面躺一躺了。于是，各自散去。

L和我回到木屋。我看着L开始仔细打理她的床铺。她从背包里取出自带的床单，小心翼翼地铺在床上，又拿出一条枕巾，铺在了那个几近黑色的枕头上。她舒展了一下双臂，脸上露出一丝微笑。我羡慕地看着她做完这一切，然后，她脱下外套，将它们整齐地搭在了床架上。我后悔自己没有L想得周到，看着那灰扑扑的一堆被子，心想，今晚只能和衣而卧了。

迷迷糊糊地入睡了，也不知是几点，我在睡梦中听到门响了一下。以为是风声，那扇木门单薄得很，虽上了锁，仍觉随时会有什么东西破门而入。于是不去在意，继续睡。可是，门又连续响了两下，我被彻底惊醒了。轻唤L："有人敲门。"L在懵懂中说："开门吧，说不定他们来要退烧药。"

我翻身下床，径直去开门。随着吱呀一声，一阵风扑门而入，门外却空无一人。我复又把门关上，嘟哝一句："是风。"走回床边。刚要坐下，又是两声敲门。这回，我是处于清醒状态，听得确切。那敲门声短促而有节奏，绝非风声。我心里有点怯惧，就坐在那里喊："谁啊？"没有应声。正犹豫着，已见L不知什么时候下了床，直奔门口，一边说着"我倒要看看是谁"，一边把门打开了。然而，门外如我刚才所见，什么也没有，只看见远处隐在夜幕中的莹蓝色的雪山的轮廓，静谧如斯。

我看到 L 转过来的脸，面呈土色。她关上门，一句话也不说，紧挨着我坐下。两个人都盯着那扇门，仿佛敲门声随时都会响起。此刻，我们都确信听到了神秘的敲门声，并且感到了一点点绝望。当时，我们都没有手机，房间里也没有电话，同伴的木屋与我们的遥遥相对，真遇上什么，远水救不了近火。

　　我和 L 在猜测中等待那敲门声再次响起，充满了忧惧。这一夜，谁都没有安睡，但那声音像与我们捉迷藏一样，居然没有了踪影。东方刚露出鱼肚白，我鼓起勇气开门出去洗漱。冰凉的雪水洗去了一夜的困倦，抬头看远方，天空澄澈如镜。木屋在晨光的照射下，一派安然。

　　早饭时遇上同伴，难免提起昨夜的疑惑。没想到竟得到了共鸣，说他们也听见了敲门声。好在他们都是男性，胆大，照睡不误。我和 L 相视一笑。就当它是个美丽的谜吧，也许是雪山女神深夜来造访了呢？

温情印度洋

是逃离后的回归。就这样的短短六天，四个夜晚。在逃离之前，生活处在一种强烈的不确定中，许多状态面临扭转的态势，摇摆，凌乱，冲撞。有时候，压力是自己给自己造成的。积郁久了，是一定要释放的。幸好有友人酝酿已久的提议，去一个是夏天的地方，有海水、阳光、椰树。海水必须是澄澈的，阳光必须是透明无杂质的。

人在郁闷的时候，真的应该去看看海。烈日下的海，夕照下的海和星光下的海当然不一样。烈日下，是一幅碧海蓝天的景致，海水折射出各种各样的蓝和绿，如果风和，它便是一匹光滑的绸缎，淡绿、墨绿、靛蓝、深蓝，层层叠叠，激荡起伏，仿佛被巨手拨弄的竖琴；乘快艇游海，却是刺激惊险的体验，剧烈颠簸，风驰电掣，犹如驾马疾奔，海水是泡沫，是乱云，是烈日下白茫茫的荒原；夕照下的海水是血的颜色，有一丝悲凉，有一点凝重，是沉静的抒情诗；星光下的海，在呢喃，深情诉说，游轮平稳航行，里面的喧闹和灯红酒绿、外面的宁谧和忧伤，恍若两世相隔。体验不同情境下的海，犹如游历迥然相异的心境，或清朗，或奔放，或沉郁，或安宁……

而这海又不同与以往任何经验里的海。印度洋的海水也许永远是温暖、诗意的，即使在深海，再胆怯的人也敢纵身海中，与身边斑斓的热带鱼游戏。这海，白舟点点，被苍翠的山环抱着，清澄见底，深一块，浅一块。可以游，也可以松弛地躺在水面，一不小心，就可能被微笑的鱼温柔地"吻"到指尖。从来没有想过，海居然能给人如此笃定的信任感，心事全抛，有的只是与海水融合的松弛的心境；也从来没有想过，人可以和深海的鱼如此亲密地接触，近到可以抚摩它。于是，经验也变得不真实起来。开始相信，信任海，信任意料中的凶险，原来是如此的轻易。

后来在印度洋边的细沙上漫步，在夜风微醺中清谈，听金发碧眼的吉他手唱 *Country Road Take Me Home*，看缓行的车窗外低矮秀气的泰式房屋，那时那刻都渐渐带了平和的心情。想到连暗波汹涌的海都能以平静的面目示人，那颗心便也慢慢地沉了下来，静听远处拍岸的浪涛……

天真的美国 ●

这趟美国之行，十分的短暂和匆忙，只到了两处：东部的 LAN-CASTER 小镇和西部的洛杉矶。

到 LANCASTER 的第一个晚上，东道主邀我们去一家日本餐馆参加他们业内的聚会。那家日本餐馆，其实是国内常见的那种，有铁板烧、寿司和酱汤。店主和店员大都是中国人。主厨的那位，居然从上海来。不用问，从眉眼都看得出来他是上海人，那说英语的软糯的腔调、含蓄地冲人笑的样子，分明写着上海人的标记。不过，我要说的不是这位上海厨子，而是他们做铁板烧的热热闹闹的方式。一圈客人围坐着，厨师操着各式各样的家伙在当中表演。除了爆炒声，还有铲子们互相碰撞后弄出的快节奏的打击声，亮晃晃的铲子在半空中翻来翻去，冷不丁就有半颗大虾仁跳到你的嘴巴里。你得像幼儿园的小朋友那样，排排坐着，张大了嘴，去接那"空中飞弹"。若是缺少技术，你就可能被虾仁、鱿鱼淋得满头满脸。我对面那位大牌杂志女编辑的头上就落满了熟虾仁，天女散花一般，滑稽得很。

在座的只有我们三个中国人，只听同伴小声嘀咕："要是把我弄成这样，我肯定会不高兴的。"你会不高兴，可老美们乐着呢。这种孩子气的把戏，已经把他们逗得乐不可支、兴致高涨，还一遍遍地向厨师要求："再来一个！"

在美国短短几天，还真遇到了不少童趣盎然的美国人。陪同我们的叶，来美 10 年，是一家跨国印刷集团的中层主管。闲聊时，问及叶在美国企业里的感受。叶说，和美国同事相处，有时候，你甚至会觉得他们的行为方式和逻辑如同一个孩子。"孩子"意味着什么呢？意味着他们缺少某种既定的世俗的模式，意味着他们比较率性单纯和直接，意味着你可以轻松地和他们打交道，而不需背负什么因袭的负担……

闲聊时，我们正走在 SENTER MONICAR 海滩上。栈桥上，除了卖旅游品的摊位，就是些希奇古怪的街头艺人。一个杂耍摊位前被围得水泄不通，卖艺的是个华人，他正表演顶球和转球的节目。招式很简单，就是先让球在左手食指上飞速地旋转，然后将旋转着的球移到右手食指上，或者一根棍子上。这把戏，没准你也能来两下。

你若是站在人群里，说不定还要不屑一番。可围观的男女老少的美国人，不但痴迷了，而且几近沸腾。他们真诚地鼓掌、喝彩，快乐被轻易地点燃了。你站在人群里，不能不被他们孩童般的快乐感染，你还好意思不屑、好意思老气横秋地指点一番吗？

美国街头，你时常可以看到带着天真表情的微笑的人。老年人的脸上没有暮气沉沉，中年人的脸上极少有颓败之色。一个个，好像都在兴致勃勃"往前冲"，于是，你会看到一个有趣的现象，美国的中老年人比年轻人更有风采。

在 UNIVERSAL STUDIO 的旅游车上，我们身边的中年妇女从头至尾都在放声大笑。当车驶进黑黢黢的模拟地铁车站，当假鳄鱼在水面起起伏伏，当仿真洪水滔滔而来……那妇女禁不住地大声惊呼，然后又如梦方醒地开怀大笑，笑得一如孩子般灿烂，笑得上气不接下气，流出了眼泪。没有人会笑话她，她的笑声和惊呼让每个人感到快乐和松弛，于是，你也跟着大声地叫，大声地笑。

在那里，深沉是不合时宜的。如果你发现好莱坞特技 SHOW里尽是你知道的玩意儿，比如风声、水声和脚步声是怎么鼓捣出来的，比如流血镜头是怎么拍的，你可千万别表现得不以为然。别人都在认真地倾听，在诚恳地笑。不管是大人还是小孩，他们真心地欣赏和感谢，感谢告诉他们不知道的东西。

在那里，深沉是可耻的。你会为自己丢失了孩子的天真和愉快而悔过。中国人也许真的是世界上最聪明的人，因为聪明，所以我们深刻，所以我们痛苦、疲累，所以我们过早地淡忘了童年。而美国人，他们仿佛一生都在做孩子。

文学里走下来的日本 ●

去日本，仿佛是去往"故地"。

但我认识的日本，不过是文学里的日本，是那个属于清少纳言、紫式部、川端康成、三岛由纪夫、岛崎滕村以及村上春树、林真理子、川上未映子们的国度。喜欢日本文学，更多的是喜欢内里蕴含的那一股自古以来流淌着的淡淡的哀愁，每一字每一句的独特的调子与诗意，对转瞬即逝的微妙之美的精确捕捉——他们汲取着西方文学的养分，偏偏又无形地融化在日本古典的传统之中。读日本文学无法贪快，得沉下心慢品，否则会忽略潜藏于字里行间的美妙。那么看日本呢？也得放慢脚步一点一点地看吧，可是，由不得你放慢步子。短短六天的行程，辗转于上海、东京和箱根之间，在浮光掠影中，头脑里仍旧留下了一些昏暗不明的印象，而这种暧昧之美，恰恰是日本人独有的审美。

无处不在的用心

在没有去日本前，便钟情来自日本的精美物件。

多年来，每到岁末，都会收到女友从东京寄来的新一年的记事簿，小巧而素雅的那种，装在碎花的纸袋里，清爽得像初冬的一捧新雪。每年寄来的记事簿都不一样，多半是诗情画意的风格，草叶纸封面，米黄内页，纸质触摸上去滑润如玉。日本作家来访，也会以素雅的信笺相赠，揭开精美的包装，露出宣纸的材质，每一页都印上了素淡的花草，精致得让你不忍心在上面写字。

我亦喜欢日本料理店里的瓶盏杯碟，拿在手里，看在眼里，总是舒舒服服。且不说那些内敛细巧的手绘图案，单说那一只小小的酱油瓷瓶，瓶身上两个恰到好处的凹痕，让你的手指也享受到了惬意与快感。

印象里，日本人的工具是世界上最精细最体贴的，他们擅用工具，尤其是小工具。每次去伊势丹，我爱在家居用品的楼层流连，因为那些产自日本的小东西不但在外表上吸引眼球，有时，它奇怪的模样还会让你费心寻思它的功用。一旦找到了答案，自然

会感叹日本人的巧心。由心到手，由手到工具，哪怕是没有生命的工具，也在诉说着日本民族的精神和审美意趣。

这正如日本作家在作品中所反映出来的细密的心思。留意着生命中每一个不易被感知的瞬间。一滴朝露、一片秋叶、一只瓷碗、一两声鸟鸣，都有真切动人的心思在里面，却无造作之嫌，这不能不说是一种与生俱来的生命的品质。

那天到达成田机场，已是傍晚时分。暮色下的东京，有一种朦胧之美。汽车在高架道路上行驶，高楼夹道，车窗外的街景模模糊糊，并不招摇的霓虹灯，间或在夜幕上划过迷离的光带。夜色中的东京与上海有那么几分相似，细巧而清瘦，并不铺张，有现代感，却也不让人感觉疏离。可是，那只是被昏暗遮蔽的东京。遮挡光线往往能美化事物，也能徒生情调，这是常识。到了白天，当一切曝于阳光之下，才看清，东京和上海还是有着那么多的不同。

不同的是什么呢？是城市的质感，是让你神清气爽的秩序，是一尘不染的清洁，是可以放慢身心的安静，是低调内敛蕴蓄着的美。东京的高楼并不比上海的多，繁华的都市里，每一寸空间都被有效利用，依然保留着有滋有味的僻静巷道，地下铁里人流如织。可是，喧闹呢，喧闹去了哪里？有人以为，只有发出声音才能证明自己的存在。可是，那些东京人，却以安静与谦恭向你证明着文明的教养和细节的魅力。

酒店的门铃和电话铃的音量总是调到最小，习惯了喧哗的人，如果不凝神静听，或许会忽略它们的声音。但很快便会习惯，那幽微的铃声，在一片宁静里文雅地触碰你的耳膜，从不会粗鲁地惊吓到你，更不会掠夺你平静的心绪。其实，只有放低音量，才能真正引起他人的注意，而在一片喧哗里提高音量，无非是增加了噪音的分贝

而已。这正如在一堆绚烂的颜色里，唯有素朴的颜色才能让人心仪一般，而我们在一日复一日的喧哗中，又与多少美好的事物擦肩而过了呢？

蒙台梭利说：物质世界的秩序，可以导致心灵的优雅宁静。这或许可以用来解释，处处井井有条、同时又是快节奏的东京，为什么依然可以在行色匆匆里保留一份难得的安宁。因为，和干净相比邻的，是安静。

唯有安静了，才能专注地用心。在日本逗留的短短几日，几乎无时无刻不在感受着这份用心。

位于东京铁塔下的东京芝豆腐屋，据说是最好的日本料理。料理店所在地本身，就已经是一处绝好的日式庭院，弹丸之地，曲折萦回，水榭亭台，花鸟园艺，所见每一处，都是一幅精妙的画。然而，令人叫绝的还不是这景致，而是这里的"灵魂"——豆腐。

无论是餐前冷盘先付，还是进肴煎豆腐，抑或锅仕立豆浆煮豆腐，那些盛于精美器皿里嫩白之物，几乎令你忘记了这就是我们平日里熟悉得不能再熟悉的豆腐。它们保持了豆腐的原味，却又提炼了其中的精华，凝脂一般，入口绵长而清醇，甘香沁鼻。在这里品尝豆腐，你会感觉这是一种仪式，是一种文化，也是一种享受。料理店门外的庭院里，专门出售豆腐屋出品的各类豆制品。

它们如艺术品一般被摆放在冰柜里或者货架上，意犹未尽的食客临走时，都会不忘提走一袋。

这样的豆腐料理，我在国内是没有见过的。豆腐在我们的菜系里，朴素、家常、充满了烟火气，因其清淡，往往需要浓郁的肉汁和海鲜来调味，于是，豆腐的本味被忽略了，而制作豆腐的工艺似也失去了精益求精的必要。即便是在各色素食饭店里，豆制品也仅仅是作为以假乱真模仿荤食的替代品，大同小异，多食则腻。

豆腐源自中国，公元 757 年，鉴真东渡日本时，才带去了豆腐的制作方法。历经千年，日本不仅将中国的豆腐文化发扬光大，甚至做到了极致，还保持了"高贵"的格调，以致西方误以为日本才是豆腐的故乡。何以至此？我想还是因为人家的用心。

喜欢在日本购物，某种程度上，不仅是爱上物件本身，更多的，可能是为那些美丽的包装吸引。哪怕是一盒点心，素白的纸盒外面，也一定要有精心设计的包装；哪怕是街头的一家无名小店，店主也一定会将你购买的物品，用心包装了递奉给你。

在享用食物方面，相比中国人，日本人无疑要克己得多。几片酱菜和腌海带，便可打发一碗米饭；日本的孩子，从小就养成

了不浪费食物、不贪食的习惯。可是在对待美和精致的追求方面，他们却比我们要铺张得多、执著得多。

　　早先，曾有人说笑话，说日本人赠送礼品非常虚张声势，打开层层叠叠华美的包装，里面的实质或许只是一瓶调料或是一沓宣纸信封。收礼的人拿到如此"轻薄"的礼物，难免会有些失望。可是细想，所谓"礼轻情意重"，用来形容日本人的送礼习惯倒是十分贴切的。在那一层又一层精美的包装里，融入了送礼者精到的用心，里面有他的审美，有他绵密的心思，也有他的聪明才智。蛋用稻草包裹，干鱼用绳子，米饼周围缚以栎树叶子，糖果蜜饯用竹箧或者用竹条编的篮子盛放，在豆腐四周饰以木兰叶子，用一块方巾包一件简单的物品，他们用自然元素创造着美，所体现的耐心与技巧都显示了对别人的尊重。

　　"仓廪实而知礼节"，我们在温饱之路上跋涉已久，身处粗鄙而不知粗鄙，感觉迟钝麻木，疏于用心，也是自然而然的事情。然而对美的领悟与向往，如同岩缝里沉睡的种子，总有挣扎着抽枝萌芽的一天吧。

令人哀伤的美

曾经有人探究日本人的审美，认为没人会拥有如此独特的审美视角——除非是日本文人。谷崎润一郎对中国文化入迷，一生都不能走出这种迷恋。他竟然礼赞"阴翳"——一种昏暗不明之美。他反复玩味日本过去居室中模糊幽暗的情致，谈得十分入情入理。当年的日本还是无电时期，夜里照明要依赖灯烛，这在他看来是美得以保全的物质条件。而日本传统美的一部分，也随着电灯时代的到来而白白丧失了一大部分。这样的观点得到了后来日本作家的附和。这样的一种审美，不无道理。天光大白，暴露了事物的一切，优点和缺点都一览无余，那种"犹抱琵琶半遮面"的美感自然是无踪可循。

而日本传统上对美的颂扬（如观赏樱花的仪式），是综合了哀伤的，最激动人心的美，往往短暂。去日本之时正是深秋，错过了樱花烂漫的季节。在我的印象里，樱花这种花是很奇怪的，尽管开得灿烂，却难以让人产生欢快的心绪；它圣洁的颜色往往令多愁善感的人又生出几分凄愁。虽然无缘赏樱，但还是欣赏到了东京壮观的银杏叶飘飞的美丽场景。

　　银杏树是东京都的"都木"，银杏叶被指定为东京都的"都章"（徽）。在东京都，几乎每条路，都有银杏树夹道。这些银杏树具有数十年以上的树龄，高大、挺拔、俊秀，杏黄色的银杏叶在秋风里飘飞，落着一场又一场叶子雨。走在路上，那些银杏树叶便扑面而来，它们落在地上，铺满了大半条街道，犹如给整个城市盖上了一条高贵的金毯。那些美丽的叶子也落在别的低矮的常绿植物上，在墨绿的底色上镶了一层金边。环卫工人似乎也并不急着去打扫，偶尔会看见停在路边的扫街车，张挂着"正在作业"的牌子，却不见作业的人。也许环卫工人也想保留这美的景致？而那些漫天飘扬的银杏落叶确乎是打扫不尽的，直到那些银杏树光秃了枝杈，才会蕴蓄起新的生命。我们见到了一些霜叶尽脱的银杏树，往往是银杏树林里难得的一株，它们伸展着遒劲而枯瘦的枝桠，透露着苍凉明净的美。这样一种壮阔凄美的落叶景致与樱花有着相通之处，怎能不勾起赏秋人强烈的悲秋之情呢？

　　春日的樱花，秋日的银杏，一年中的四季，有两个季节被如此富有感染力的自然风物占据了。见到这样的银杏，不由得理解了日本文学中的"物哀"情绪。人心接触这样的外部世界，自会感物生情，心为之所动，有所感触，这时候自然涌出的情感，或喜悦，或悲伤，或低徊婉转，或思恋憧憬。有这样情感的人，便是懂得"物哀"的人。而外部事物和感知的主体，两者互相吻合一致的时候也产生了和谐的美感。优美、细腻、幽深、玄静，都称得上是美好的情感体验吧。

后来的两天，终于有了最珍贵的"物哀"体验。去箱根前，友人说，箱根虽位于富士山脚下，但常常雾霭缭绕，难以得见神山真面目。偏偏我们去的一天半里，秋高气爽，无论是在芦湖上荡舟，还是在下榻的箱根王子酒店附近散步，富士山都仿佛近在身侧一般。这是我第一次如此真切如此迫近地望见富士山，它和图画中的一模一样，但它太近了，近到有点虚假，似乎伸手便可触摸。可是，你却畏惧着不敢近前，白的雪顶衬着蓝的天，如同处女般圣洁，又仿佛带着神的昭示。凝视着它，污浊的眼睛可以净化，躁动的心得以宁歇，灵魂也或可得到升华？

可是，富士山并不总是妥帖地出现在你的视野里。在芦湖上，往往调转一个方向，那山便不知隐匿何处了；在王子酒店后面的小径深处，也只有一个地方，可以透过杂乱的枝杈望见它的轮廓。

无论是往前走两步还是往后走两步，立马寻不到山的踪迹。想来，实在诡异。难道这也是神山的奇妙之处？其实，在来日本的飞机上，我已隔着舷窗俯瞰富士山的美，它匍匐于灰暗的地平线上，仿佛有一只巨手将它托举成优美的弧度，那山的轮廓被落日巨大的余晖映衬着，苍茫、雄奇、高洁，并且久久地停留在视野中，不曾消失……

现代与古老的杂糅

日本这个国家的特别之处，还在于一方面非常现代，一方面又把古老原汁原味地保存下来。在他们那里，现代与古老居然可以和谐地共存，仿佛两者本身就是一对同胞手足。

在任何国家，日本料理店都具有极高的辨识度。古典雅致的店招、木色氤氲的和室、散发着稻草香味的榻榻米、半透明的樟子纸拉门或隔窗、浮世绘的装饰画……现代化的进程并没有使日本人抛弃对自然材料的钟爱和对返璞归真的追求，相反，他们寄情于"留白""清简""玄静"，尽可能地与大自然保持着密切的接触。

日本人爱泡汤，是全世界出了名的。他们对清洁的要求甚至甚于对食物的需要。曾经在很多日本古小说里读到"入汤"的优美文字,《源氏物语》里,源氏公子每逢要做浪漫之事,必先沐汤,然后换上新衣,并熏香。而源氏对女子最感兴趣的,也是浴后的她们如出水芙蓉般娇嫩和新鲜。有意思的是,日本"入汤"的习俗历经千年,不但没有消亡,还被很好地传承下来。在箱根,陪同我们的年轻的 80 后外交官长谷川女士,晚上沐汤还不够,第二天又早起,宁愿不吃早餐,仍要去酒店的"露天风吕"沐汤。

对我来说,去箱根,除了看富士山,最大的诱惑还是那里的温泉。当天晚餐后,便去王子酒店总部的温泉入汤。好奇的不仅是箱根的温泉,还有日本传统的沐汤方式。即便是在高级酒店里,仍旧保留着传统的规矩。首先必须得裸体(而不是像国内要穿泳衣入汤),坐在木头小板凳上,用花洒冲干净身子和头发,才走出室外,进池子里去泡几分钟。回来,又用沐浴露把身子擦洗干净,再到池子中去浸一回。室外的温泉，有顶棚遮蔽，因此看不见头顶的星光，也没有想象中的雪飘场景。赤身处在热流之中，四周是寒冷的秋夜，放眼望去，夜空苍茫山影巍峨。这种时候，适合独处和默想，感知泉水对皮肤轻柔的抚摸，感知血流在身子里涌动，感知思想在沉默中睡去。这时候，如果能下一场雪多好！如果头上的顶棚能够撤去，那入汤的人就真的能和天地合而为一了。

走在日本的街道，也能随时感受到现代与古老的相遇。往往，在闹市里走着走着，就在街巷深处遇到一座古色古香的神社或者寺庙。依托着这些神社或寺庙，周围便开出了一些具有传统气息的小店，街道虽然逼仄，但所有的小店门面都典雅整洁，泛着古老的色泽和韵致。有经营汉方的药店，也有出售各类果子的糕点铺，当然也卖供神用品、传统玩具。走入这里，喧哗突然地就隐入了宁静。这样的地方，才称得上城市里真正的休憩之所。

1968 年 12 月，川端康成身穿和服走上诺贝尔文学奖的领奖台，发表了《我在美丽的日本》的演讲，他通过介绍和分析几位日本古代诗僧的诗作，阐述自然美和人的心境、命运之间的玄妙关系，试图说清楚日本文学的思想，使西方人了解日本文学的精神实质。

他说：潜在内心里的丰富情趣，极其狭窄、简朴的茶室反而寓意无边的开阔和无限的雅致。他说：要使人觉得一朵花比一百朵花更美。他又说：美的心灵，使人们在长期内战的荒芜中得以继续生活下来（大意）。

走马观花的六天，我看到的印象含混的日本，竟也与内心早已从日本文学里得来的想象慢慢重合起来了。